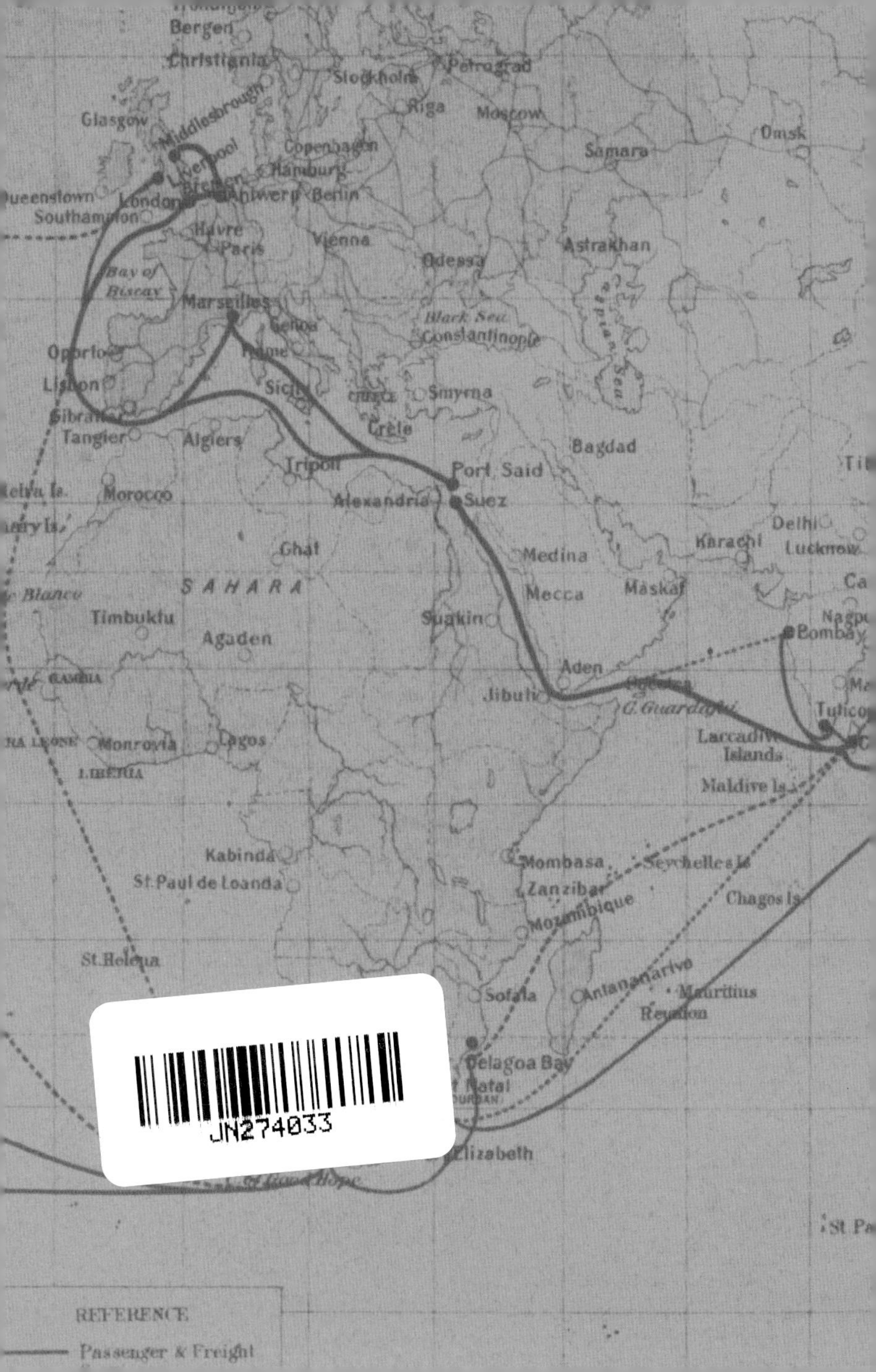
Bergen
Christiania
Stockholm
Petrograd
Riga
Moscow
Glasgow
Middlesbrough
Liverpool
Copenhagen
Hamburg
Omsk
Samara
Queenstown
London
Bremen
Antwerp
Berlin
Southampton
Havre
Paris
Vienna
Astrakhan
Odessa
Bay of Biscay
Marseilles
Genoa
Black Sea
Constantinople
Caspian Sea
Oporto
Rome
Lisbon
Sicily
Smyrna
Gibraltar
Tangier
Algiers
Crete
Bagdad
Tripoli
Port Said
Alexandria
Suez
Morocco
Delhi
Karachi
Lucknow
Ghat
Medina
SAHARA
Mecca
Maskat
Timbuktu
Suakin
Bombay
Agaden
Aden
Jibuti
C. Guardafui
GAMBIA
Laccadive Islands
Monrovia
Lagos
LIBERIA
Maldive Is.
Kabinda
Mombasa
Seychelles Is.
St. Paul de Loanda
Zanzibar
Chagos Is.
Mozambique
St. Helena
Antananarivo
Mauritius
Sofala
Reunion
Delagoa Bay
Natal
DURBAN
Elizabeth
REFERENCE
Passenger & Freight

# アインシュタインからの墓碑銘

比企寿美子
*Hiki Sumiko*

出窓社

# アインシュタインからの墓碑銘

美しい微笑みをたたえ、お辞儀をし、床に座る人々へ
願わくは西欧に先んじた自らの偉大な徳を、汚さずに保ち続けることを忘れないでほしい。
すなわちそれは、生活を芸術的に築きあげることであり、個人の欲望を抑えた簡明、質素な
態度、そして心の清明な静けさである

アルベルト・アインシュタイン

（桑折千恵子・訳）

# プロローグ

大笹の新緑がこんもりと茂る竹林に、弔《とむら》い用の黒白の幕が張り巡らされた。それにもかかわらず、吉野川べりの舞中島《まいなかしま》にある光泉寺は、華やいで祭りのようだ。名産の藍《あい》の植えつけが終わった村人たちも、総出で手伝いに駆けつけ式典の準備に余念がない。セーラー服に身を包んだ十三歳の少女がひとり、本堂の端の壊れそうなベンチに腰掛けていた。

この子の祖父と祖母が亡くなって九年を経《へ》たその日、父親はようやく祖父たちの葬儀を兼ねた納骨式を営もうとしている。福岡市の自宅から高松まで一日かけて列車と船に乗り継ぎ、さらに翌日車で四時間もかけて険しい四国山脈を越え、ようやくここまで辿り着いたが、少女は祖父の生まれ故郷の遠さを、つくづく実感していた。

全国各地からの来賓や、珍しい墓を取材に新聞社も来るということで、緊張した父親はずいぶん前から寺の角に立っている。やがて遠くに大型バスが二台、畑の間の狭い道をゆっくくり走って来るのが見え、寺の前の狭い道いっぱいになって停車した。降り立った大勢の人々は、境内をまっしぐらに進んで、墓の前に群がった。

一対の石燈篭の奥に、大きな真新しい畳一畳ほどの石が据えられ、鮮やかに数行の横文字が刻まれている。それは個人の墓というより、石碑と言う方が似合う。参列者たちが、感心しながら眺める。

「墓にしてはずいぶん大きいし、形も横長で、珍しい墓ですなあ。ほお、これはドイツ語ですかねえ。えっ、本当にこれは肉筆だって。なるほど、アルベルト・アインシュタインとサインまでが、ちゃんとある」と賑やかだ。

少女の祖父の門下生だったという老医師が、石に彫られたドイツ語を骨ばった手を懸命に伸ばして、一語ずつ指し示しながら、ひときわ大声で厳《おごそ》かに読み上げる。そして参列者にその意味も解説した。

「『ここに三宅速《はやり》と、その妻三保が眠る。二人は共に人類の幸せのために働き、そして共に人類の過ちの犠牲になって逝《い》った』と、アインシュタイン博士が書かれております。ようやっと立派な墓が出来て、速先生もさぞほっとされたでしょうな」

「しかし、なんでアインシュタインが、墓碑銘を書いたのかいな」

誰かがぼそりと、そこにいる皆の頭に浮かんだ疑問を呟《つぶや》いた。だが、この式典で、それが明かされることはなかった。

徳島の鄙《ひな》びた山間で生まれたこの子の祖父が、都会から遠く離れた故郷をどうして出て行き、学校の図書館にある偉人伝の一冊になるような立派な人と、どこでどんな出会いをしたのだろう。少女は祖父たちと過ごしたわずかな日々を思い出し、長々と続く立派な紳士たちの式辞や読経を耳にしながら、深く刻まれた「アルベルト・アインシュタイン」という字を、ひたすらに見つめていた。

Hier ruhen Dr.Hayari Miyake und dessen Frau Miho Miyake.

Sie wirkten vereint für das Wohl der Menschen

Und schieden vereint als Opfer von deren Verirrungen.

Princeton N.J.USA

March 3,1947 Albert Einstein.

アインシュタインからの墓碑銘◆目次

# 第一章　アインシュタイン来日

## 船上での出会い

ヨーロッパの秋には珍しく、ツンと抜けるような青空の下、南フランスのマルセーユ港は豪華客船が慌ただしく出航の準備に追われていた。高いマストの上につけられた旗の、色鮮やかな赤い二本線は、日本郵船のしるしで「二引《にびき》」と呼ばれる。ヨーロッパから日本までのおよそ五十日の航海に備え、船客二八〇人分の食事と飲み物、身の回り一切の品を落ち度なく載《の》せるため、船と岸を往復する労働者や船員たちの動きは、ますます忙しい。

一九二二（大正十一）年十月八日、ヨーロッパから日本へ向かう船は間もなく群青色の海へ向かって船出しようとしている。

岸壁やデッキで、見送りの人々としばしの別れを惜しむ大切な時を過ごす船客も、旅立ちで高揚しているのか、大声を出し、ますます賑やかだ。

幾人かと挨拶を交わした後に、タラップに向かったアインシュタインは、顔見知りのミュンヘン大学教授であるザウアーブルッフが誰かと話しているのを視線に捉えた。「おや、子供と話しているのかな」と思うくらいに身を屈めて話しているザウアーブルッフに目を留めていると、彼もアインシュタインに気づき、手を差しのべながら近寄ってきた。一人の日本の外科医を見送るために来たのだと言いながら、ひときわ小柄な人を紹介する。

「三宅速《みやけはやり》といいます。以前ブレスラウ大学で教授とご一緒に仕事をしておりました。航海中、何卒よろしく…」と、流暢《りゅうちょう》なドイツ語である。なにか問いかけようとしたが、整った制服の高級船員が「お早くご乗船下さい」と丁寧に促す声に遮《さえぎ》られた。

軽く会釈をして、視力の弱い妻のエルザの手を取りタラップに足をかけた。船から転がるように荷役が駆け降りてきて危うくぶつかりそうになり体が傾く。その視線の先に、岸壁では速をしっかりと抱擁したのち、その背中を船の方に押しやりながら外科の巨匠とあがめられるザウアーブルフが、手で涙を拭うような仕草までして、数人の人々と共にこの日本人を見送っているのを見た。「なぜだろう」という思いが後までもアインシュタインの脳裏に残った。

ドラが鳴り、船が岸壁を離れる。別れの紙テープがデッキの手すりに、岸壁に、別離の思いと共に物悲しく身を揺らしながらまとわりついて風になびいていた。

明治の初めから日本郵船が運航する欧州航路は、ヨーロッパと日本を結ぶ大動脈で、国の威信をかけた豪華客船が就航し、さまざまな人々と文化を運んでいた。どの船も名前に「丸」という字がつくが、北野丸も例外でなく、この時、長崎で進水してから十三年目の航海に就いていた。

北野丸で日本へ向かうのは、風流人の尾張の殿様徳川義親、公務で帰国する石井菊次郎フランス大使、国際連盟の会議に出席した鳩山秀夫などと共に、後の世まで名を轟《とどろ》かす四十二歳のアインシュタイン、そして専門領域の人以外に知る人の少ない五十六歳の医学者三宅速たちであった。

その頃、第一次世界大戦は終結したものの、世界的に経済不況で株は暴落し、未曾有《みぞう》の恐慌が起った。日本国内は、明治維新後、積極的に推し進められていた政策も、かげりを見せ始め、中小銀行や企業の倒産を招き、騒然とした社会情勢のなか要人のテロが相次いで、追い打ちをかけるように自然災害が次々に起きた。

五年前に起こったロシア革命から、堰《せき》を切ったように各国で社会主義、共産主義が台頭し、イタリアに端を発したファッシズムは各国でさまざまに形を変えながら、世の中の不穏の隙間に浸みこんでいく。世界を再び、戦争へと引きずり込むような不気味な予兆が表われ始めていた。

第一次世界大戦の戦勝国となった日本では、身の回りに起こりはじめた不安のなか、人々は確実性のあるものを求め、より崇高な学問、あるいは思想や宗教への憧憬を深めていった。さまざまな本の出版が多くの人に待たれ、オピニオンリーダーとしての雑誌『中央公論』や『改造』は、たとえ理解できなくても、手に持つだけでインテリという証にさえなって、さながら活字の花盛りであった。

この頃『改造』は科学を積極的にとりあげ、一九二一（大正十）年にイギリスの貴族で哲学・数学・物理学の論文を著したバードランド・ラッセルを日本に招待した。さらに同じ年の春には産児制限という斬新な理論を発表したマーガレット・サンガーも招き、まだ儒教的なモラルが根強く浸透していた当時、性に関するこの論理は入国に物議を醸《かも》した。

アインシュタインの日本招待は、改造社にとってラッセルやサンガーの招待と同じく、雑誌社にしては大胆な企画であった。『改造』側は、日本招待を船旅の行程を換算し、総行程を三ケ月、旅費を含めて謝礼は二千英国ポンド（日本円でおよそ二万円）と明示して話を進めた。ちなみに、この時代の大卒者の初任給は五十円、二万円というと国会議員の年俸の六〜七年分に相当するから驚くほどの高額である。加えてアインシュタインを口説くために、桑木或《あや》雄《お》と石原純らの既にアインシュタインに知己を得ている日本人物理学者の力も総動員して活発に動いた。

『改造』によって繰り広げられた招待講演のための事前キャンペーンは、大物理学者の最新の仕事である相対性理論についての解説に始まった。これらを読んだ日本の人々は、老いも若きも今や遅しとこの大物理学者アインシュタインの生の声を聞きたい、ひと目見たいという、まるでスターの登場を待つ雰囲気ができあがっていった。実は大半の人が、その学問も物理学すらもチンプンカンプンであったはずだが、後に世界を熱狂させたロックバンドのザ・ビートルスや韓国人俳優の来日と同じようなブームを巻き起こした。

日本の津々浦々までアインシュタインの名がいきわたり「相対性理論」は流行語にまでなって「これは、男と女が相対することを学問的に解説したものである」という奇想天外な説までがまことしやかに喧伝された。この招待講演の仕掛け人であった改造社社長の山本実彦は、日本国内の熱狂ぶりをみて企画の成功を確信したにちがいない。

遠い極東での日本講演をなぜアインシュタインが引き受けたかということについて、彼自身の改造社や促進運動をした日本人物理学者への手紙を読むと、「学問を広めたい」という純粋な気持ちや何にでも興味を示す飽くなき好奇心に加えて、かねて関心のあった異郷アジアへのあこがれが、遥か日本へ行こうと決心させたようである。

さらに当時の混沌とした社会状況や、既に政治的にキナ臭い空気の立ち始めたヨーロッパからの一時的な脱出は、見知らぬ国への旅の魅力となったかもしれない。同行する夫人は、ドイツへ残す自分自身の子供たちのこと、未知の異国へ旅立つ不安で、気持ちが大いに揺れたという。

もう一人の船客である三宅速は、九州帝国大学医学部の教授として政府から世界の医療施設を視察するよう要請を受け、欧米各国を訪問して帰国の途についた。この年四月に、横浜港からアメリカ客船で大平洋を横切り、アメリカのロチェスターにあるメイヨ・クリニック、ボストンのハーバード大学など、各地の優れた施設を精力的に歴訪した。速はこの時、ある使命を自らに課していた。それは欧米各国の著名な外科医に面会し、万国外科学会へのある請願書に署名をもらうことである。

万国外科学会、現在のISS／SICという世界最古の外科医の学術集会は、テオドール・コッヘルによって世界の外科医に呼びかけられ一九〇一(明治三十四)年に設立された。「コッヘル」と言われる手術用鉗子《かんし》は、彼の考案である。その万国外科学会から、参加を呼びかけられた数少ない日本人外科医の一人が速であった。

第一次世界大戦をひき起こした敗戦国のドイツ、オーストリア、ハンガリーは世界からその責任を厳しく問われた。学問の世界も同様で、万国外科学会はただちに三国をボイコットした。本来、学問は政治には関らないはずである。だが国を挙げての戦いは、学問や文化の発展を妨げる。戦火を逃れながら、黙々と学問の灯を消さないでいた人々を、戦いとは無縁のはずの研究目的の団体から容赦《ようしゃ》なく締め出した。

学会から三ヶ国をボイコットすると知らされた速は、その知らせを前にして苦悩していた。かつて速がドイツ留学をした時、異国人の自分を差別なく受け入れてくれたドイツの外科医たちの顔を次々に思い出し、底なしの悲嘆にくれる。無念の思いが募ると、とめどない憤りを覚え始めた。

「なぜ、国が戦争に負けたが故に、純粋な学問から駆逐《くちく》されなければならないのか」

やがて速はこの除名措置を撤回してもらうよう、世界中の著名な外科医に呼びかける嘆願書を、学会に提出しようと決心した。

速の起こした復帰運動の経緯は永らく埋もれていたが、この学会が創設百年を迎えた二〇〇一年の記念出版『外科の伝統と国際的な過程の一世紀』の中で、初めて明らかになった。速の書いたドイツ語の嘆願書は、それを送った日本からの郵便小包の大きな封筒と共に、スイスの学会本部の書庫に保管されていたが、外科の教科書に必ず登場する歴史上の医師たちのサイン入りの同意書は、この時百年の眠りを覚ましたのであった。

靴の底を擦り減らしてアメリカからイギリス、ロシア等の国々を経てスイス本部に立ち寄り、さらにドイツに入った速を、ベルリン駅頭に十人ほどのドイツ人外科医たちが出迎えた。各国から速が三国の復帰運動を起こし、自ら署名を集めて回っているという情報が入ると、彼らは汽車の到着を、首を長くして待ちうけていた。

小柄な速がホームに降りた途端に、たちまち大男たちに取り囲まれ姿が見えなくなる。彼らは代わる代わる速の手を固く握り、ありったけの感謝を口々に述べた。

ふと見ると、彼らの背広の衿《えり》には、小さな布切れが縫《ぬ》いつけられている。その白い布の真ん中には赤い丸が画《か》かれ、それは小さな日の丸となっていた。ドイツ外科医たちは、速がすすめる学会復帰運動に対して、心からの感謝を小さな日の丸に託して身につけていた。思いがけない出迎えに、速の目に日の丸が滲《にじ》んで見えた。

ドイツなど三国の学会復帰はこの請願書を受け、二年後の理事会で決定され、その翌年ローマで開かれた総会に、速は初の万国外科学会日本代表として参加し、自らそれを見届けた。

半年間の署名を集めながらの欧米視察を終えた速は、ベルリンからミュンヘンを経由して、マルセーユまで汽車で向かった。かつて同じ大学の研究室で実験や議論をした仲間のザウアーブルッフも、他のドイツ外科医と共に、速を見送りに来て謝意を表《ひょう》した。アインシュタインが、ザウアーブルッフから速を紹介されたのは、その時であった。

北野丸は静かに岸を離れ、次の寄港地エジプトのポートサイドへ向かう。

一等船客はおよそ八十人ほどで、食事は豪華な食堂に集い会話を楽しんだ。自室にこもる人々、交友を深める人々とさまざまで、デッキゴルフをしたり、夕食後はフロアーでダンスをしたり、船上の歓びは自ら見つけなければ得られない。

この船は日本の客船なので同邦の人も多く、和やかなうちに航海は進む。船客のなかには既にアインシュタインの名声を聴き、一言でも言葉を交わしたいと思う人が多かった。しかしアインシュタインは気難しい方ではなかったが、人の目にさらされるのが嫌なのか、部屋に引きこもりがちであった。時折デッキチェアに座り静かに夫人と本を広げる姿を目にする程度だった。

やがて、船がスエズ運河を通過し、インド洋をセイロン島のコロンボに向かう頃には、海にはね返す赤道直下の熱気がむんむんとして、船客たちはデッキに涼を求めた。速も定席のデッキチェアに座り、白い麻のスーツを広げて風を楽しみながら本を読んでいた。

「ドイツで医学のお勉強をなさったと伺いましたが」

不意に一人の女性が、すぐ耳許《みみもと》に遠慮がちに話しかけた。驚いて振り向くと、アインシュタインの夫人エルザがそこに立っていた。

「実は夫がちょっと体調を崩し、船医の先生に診て頂いたのですが、一向にはかばかしくなく…」と言いながら、握りしめたハンカチを突然、目に当てる。小さな嗚咽《おえつ》が収まると、思いきったように、

「夫が、貴方様に診察をして頂きたいと申します。一緒においで下さいませんか」と続けた。見開いた瞳が涙にぬれ、速を真っ直ぐに見つめ懇願する。もちろん断る理由はなにもない。急いで部屋に戻ると使いなれた聴診器などの簡単な診察の道具を持って、エルザに先導されアインシュタインの部屋を訪れた。

挨拶もそこそこにベッドの上のアインシュタインの前に、椅子を引きよせ速が座る。そしててきぱきと質問を始めた。問診である。傍に立つエルザがハンカチを握りしめたまま、言

葉を発する二人を交互に見つめる。

船に乗ってしばらくしてから便通に滞りが起き、数日前から用のたびに出血をみた。

速は日記に、その症状をこう明記する。

**《その部に焼けるがごとき不快感を訴え、血液を混ずる粘液性の便を漏出し…》**

「先生、私は癌《がん》にかかったのではないかと思います。こんな海のまん中で重い病気にかかり、この旅を引き受けたのは間違っていたのではないかと、考えました。どうすればよいでしょうか」心細そうにアインシュタインが話した。

いかに高い学問を究めた人でも、尊い地位の人であろうと、差別なく病魔は襲い、その苦しみはみんな等しく同じである。だから速は、これまで医療を行うのに、病む人を区別したことがない。たとえ大金持ちが高額を積んでも、治療費もままならない患者であっても、誠心誠意できる限りの力をもって治療にあたろうと、心に決めていた。

いつもの診察とまったく同じように、アインシュタインの訴えを黙って聴きとり、静かに立ち上がって脈をとった。おもむろにパジャマをはだけさせ、聴診器を胸から腹、背中に当ててて耳に神経を集め、さらに掌を当てて一方の手の指先でコツコツと音を立てて打診を終える。腹部を押さえながら、手に全神経を集中し、慎重にくまなく触診をした。

現代では、外来の診察室でこれほど丁寧な診察をする人はよほどの高齢の医師しかなく、若い医師たちは患者に触れることも稀となった。レントゲンやCT、さらにMRIやPETなどによって、体の情報が正確かつ鮮明に読み取れることが可能になり、人の手と目と耳で患者の体を診察する必要がなくなったからかもしれない。

しかし速の時代は、レントゲン以外に診断の機器もなく、熟練の手によってのみ病巣を探ることができた。言い換えると、病む人にとって、技術に長《た》けた医師の手は、触れられるだけで精神的にも癒され、苦痛さえも軽減するように思えた。

この後アインシュタインの患部も診察し、洗面所で手を洗った速は微笑みながら伝えた。

「博士、ご心配はまったく要《い》りません。ご安心ください。しばらくの間お部屋に伺い、治療をさせて頂きます。私から船医にお薬を処方します。船上ではどなたも充分な運動ができないため起こった御症状とも言えるでしょう。少しデッキで積極的に動かれたらいかがでしょうか。数日内には回復なさいますよ」

そして毎日簡単な治療のためアインシュタインの部屋を訪れ、共通の話題があるベルリンやミュンヘンの話もした。

速の診断通り、すっきりと症状のとれたアインシュタインは晴れやかな顔で部屋を出るようになった。甲板に速を見つけるとやってきて、隣にデッキチェアを据え、さまざまな会話を交わしながら目的地神戸までの船旅を楽しみ、友情を育んだ。

十一月十日、北野丸は香港に入る。翌々日の十二日、それはアインシュタインにとって、輝かしい日になった。ノーベル物理学賞受賞の電報が、船上にもたらされたのである。受賞理由は「光電効果の発見」によるもので、いわゆる「アインシュタインの相対性理論」は、まだ正当に評価されていなかった。

同船していた人々はサロンで船長からその朗報を知らされ、アインシュタインの現れるのを待つ。頬を紅潮させた栄冠の人が、夫人を伴いやって来た。受賞の慶びを共にできるという滅多にない光栄に、同船の石井菊次郎フランス大使をはじめ一等船客たちは、手に満身の力を込めて拍手する。夫妻が一人ひとりに握手であいさつをして回った。速も後ろのほうで心からの祝福を送る。夫妻はしばし速の前に立ち止まり、感情をこめて速の手を固く握り強く振って礼を返した。一八九六（明治三十九）年に設立されたノーベル賞の重みは、アインシュタインによってこの日以降、広く世界に知られ、ますます価値を増すことになった。

船は翌十三日上海に碇泊《ていはく》し、アインシュタインは他の船客たちと一緒に上陸した。上海で、日本から出迎えに来た稲垣守克《もりかつ》とそのドイツ人の夫人に案内され初めてのアジアを体験する。アインシュタインは興味津々、臆せず見て、聞いて、そして食べて回る。当時の上海の街は汚く臭気が漂っていて、こんな所へノーベル賞受賞者をつれて来ていいのかと、稲垣は躊躇《ちゅうちょ》した。しかし、「気にすることはない、イタリアも同じようなもの」と意に介せず歩いた。ノーベル賞受賞記念記者会見も行われ、日本講演に向けて気持ちは高揚していった。

上海を出た北野丸は、黄海を横切って、いよいよ日本に近づいていく。

当時、ヨーロッパに行くと、どんなに急ぐ旅でも三月や半年は日本を離れているわけで、日本人の誰もが祖国に帰ってきた感慨を胸に、久しぶりの風景を船上から眺める。

デッキに立って、瀬戸内海を滑るように進む船から、陸地の景色を初めて見たアインシュタインは、そよ風を全身に受ける夫人エルザに、感嘆の息をもらして囁《ささや》いた。

「なんと穏やかで美しい」。

## 日本講演

十一月十七日午後二時、北野丸は最終目的地の神戸港に入った。神戸港は遠来の大学者を迎えて多くの人であふれていた。出迎えの改造社社長や、旧知の学者たち、知識人も一緒に記者会見を行った。席上、速にも記者から船上でのアインシュタインの健康状態についての質問が飛ぶ。

「博士は、すぐに大変お元気になられました。病名？　これについてはお答えできません」と、医師として患者の秘密保守をきっぱり行った。

汽車で京都へ向かうアインシュタインが、九州へ帰る速に、別れ際に言う。

「先生、本当にありがとう。あなたのおかげでここまで元気に来られました。九州での講演も引き受けましたので、一度あなたのお宅にも伺いたいと思います」

日本人は引っ越し通知にも「お近くにおいでの時にはは是非お立ち寄り下さい」と書く。だが、ほとんどの場合、社交辞令であるが、西欧では違う。一度口に出したことは契約として、必ず守る。もちろん速はそのことを十分理解していた。

福岡に戻った速は、翌日から半年の留守中に溜まった机上の仕事や病院での治療と同時に、アインシュタインを迎える準備を始めた。

この時から二十年前、九州一の都と聞いた福岡に赴任した速は、生まれ故郷の徳島とさして変わらないほど鄙《ひな》びた様子に驚いた。一九一二（明治四十五）年には市内電車がガタゴトと走り始め、速の通う大学前から自宅の大名町までは便利になったものの、東京と比べると格段の田舎で、ここで西欧からの世界的な賓客《ひんきゃく》をいかに迎えるかと考えると頭が痛かった。

なにはともあれ宿泊施設であるが、市内で一番の老舗「栄屋」に決めた。かねてから顔見知りの女将《おかみ》のところに行き、他のことはともかく急遽《きゅうきょ》洋式の便器を整えるよう指示した。

アインシュタイン夫妻が神戸上陸後に向かった京都では都ホテル、東京では帝国ホテル、また休養のため宿泊した日光金谷ホテル等は、いずれも当時最新の西洋設備の整った洋式ホテルであった。しかも、これらのホテルはその頃のドイツにもないほどの超一流、一方、福岡での宿は、夫妻にとって初めての純日本旅館である。

過密スケジュールのなか、アインシュタインが訪れてくれるという速の家では、ちょうど前年に建てた増した新築の奥座敷でもてなそうと決めた。十五畳敷きの和室であるが、洋式の応接セットを準備しなければならない。だが当時の福岡は、おいそれと西欧家具が手に入らない時代であった。

たまたま大学の同僚で、速と同じようにドイツ留学をし、かの地の女性と結婚した人が市内に住んでいる。その人に事情を話すと、ちょうど今使っていないという応接家具を貸してくれることになった。

「さて、ここにテーブルを置き、椅子は、ご夫妻と、われわれ夫婦四人分あればよい。子供たちは床に座ればよかろう」と、その配置を考えているところへ、運送会社が大きな荷を届けてきて、速の妻三保の度肝を抜いた。ウイーンでこのたび買ってきたグランドピアノである。初めてドイツへ留学した時、師である教授の家へ同僚と共に招かれたことがあった。食事が終ってデザートが出ると、教授は夫人を促した。部屋に置かれたピアノから妙《たえ》なる音楽が流れ、速は生まれて初めて身近に西欧音楽の音を聴いた。教授は音楽、なかでもピアノに造詣《ぞうけい》が深く、その後速はたびたび音楽を楽しむ機会を得た。

ピアノの音を聞くたびに師のことを思い出し、このたびの旅行でもウイーンの楽器店を覗《のぞ》いて売り物のピアノを見た。上に置かれた値札を見ながら、滞在中に何度も、自分の懐《ふところ》と相談をする。頭の中には日を追って、二人の娘たちがこのピアノを弾く姿が鮮明に描かれるようになり、ついに大きな買い物をすることになった。

ドイツ語で、箱型ピアノはクラビア、そしてグランド・ピアノは羽を広げたように見えるので翼《つばさ》、つまりフリューゲルという。何台かあるピアノのなかで、日本の家にも置ける大きさの、比較的小振りのフリューゲルを選んだ。黒く輝く漆《うるし》塗りの蓋《ふた》を開けると「フランツ・ヴィルト」と金色の文字が読める。

フリューゲルは貨物船で日本に向かい、速より一週間先に下関に到着し陸揚《りくあ》げされ、この日初めて速の家にやってきた。ドイツで製作され、はるばる海を渡り、見知らぬ東洋の異国で旅装《りょそう》を解かれるとは、フリューゲルは驚いたにちがいない。さらにずっと後、このフリューゲルに再び時代の波に揺さぶられるように海を渡る数奇な運命が待っていようとは、この時誰も知らなかった。

座敷に西欧のグランド・ピアノがでんと据《す》えられると、ヨーロッパの香りがこの家に充《み》ちて速は満足した。だが家族はそれぞれピアノの蓋を開けて、おそるおそる鍵盤を押さえてみて、思いのほか大きな音が出ると慌《あわ》てて蓋を閉じる。十歳になる末っ子の富子だけは特別に興味を示し、早くレッスンを受けたいと父親に申し出た。

一方、アインシュタイン夫妻は、神戸から京都へ向かって、一泊した後に、雲一つない青空の下を国鉄自慢の特急列車で東京へと向かった。最後尾の展望車から、陽光に輝く富士山の白雪を仰ぎ見、車窓を過ぎ去る整った耕地と点在する農家や学校の様子を目で追いながら、この国の景色はなんと美しいのであろうかと感動した。

しかし、座席に腰を下ろして眺望《ちょうぼう》を楽しんでいるうちはよかったが、食堂車へ移動しようとすると、同行の人々や取材で同乗している記者たちが俄《にわ》かに大勢あらわれて、同じような、なんともつまらぬ質問をあびせてくる。これには流石《さすが》に穏やかなアインシュタインも、相当うんざりしたらしい。

十一月十八日夜七時半、アインシュタインが東京駅に到着した。プラットホームに降りようとした夫妻を目がけて、おそろしいほど多くの人々と、無数のカメラが殺到する。当時の新聞を見るといかに熱狂的であったかが書かれているが、その歓迎というよりカメラのフラッシュと「万歳」の大合唱、「アインスタイン博士」と名を呼ぶ声の攻撃は、まさに常軌を逸した狂騒であった。

アインシュタインは、日記に《**大群衆と、閃光もすさまじい写真撮影で目が眩んでしまっ**

た》と書いた。

夫妻は突き飛ばされ、もみくちゃにされ、この夜の歓迎は、現代のニューミュージックのアイドルを一目見ようと押し寄せる光景と、まったく変わらない。

不況と暗いニュースに喘《あえ》ぐ日本人にとって、ノーベル賞を受賞したばかりの大学者を迎えるという報せは、万雷の拍手で迎えたい快挙であった。この朗報にあやかり、日本の上に垂《た》れこめる社会の暗雲を吹き飛ばしたいという願いをもって、駅頭に来た人も多かったにちがいない。

アメリカ人ライトの設計による帝国ホテルは未完成で、皇居と相対して日比谷公園を挟んで建つ東京駅近くの落ち着いた建物が完成して一般の宿泊客を迎えたのは、翌年の十一月である。だが一部だけ特別にアインシュタイン夫妻のために提供された。しかし、二階の部屋に案内されたアインシュタインは「ここは贅沢《ぜいたく》に過ぎる」と何度も辞退したという。

後に自分で注文をして建てたポツダム郊外の家と家具を見ても、アインシュタインが非常に簡素な、そして自然をありのままに取り入れた建物を好んだことが分かる。日常の生活をきらびやかに飾るのではなく、アインシュタインはレベルの高い精神的なものを求めたのであった。なにはともあれ、改造社はこの大学者のために、当然ながら最高のホテルと部屋を準備した。

ノーベル賞受賞者の、世界での第一声は、翌日の三田山上にある慶應義塾大講堂、通称大ホールに響いた。

翌日付の大学生新聞『三田新聞』や雑誌『改造』にその詳細が載《の》せられているが、テーマは当然受賞対象とされた「光電効果の発見」に関したものと、前半で「特殊相対性理論」、後半に「一般相対性理論」を中心に話した。それを手許《てもと》のメモのみで原稿も作らず行った講演は、物理学者石原純の通訳によってなされ、一時間の中休みを入れると六時間を費やした。聴衆には予め「自前の軽食持参のこと」と通達され、時の大臣や専門家、慶應義塾関係者ばかりでなく、一般からも総計二千五百人もの人々が集まった。

アインシュタインの声が「金鈴を振るようで音楽的…」と、当日付の読売新聞は書いたが、現在ポツダム郊外の小さな城にあるアインシュタイン記念館で、コインを入れると少しの間流れる彼の肉声は、まったく普通の人の声である。

その後のアインシュタインには、過酷とも言えるスケジュールがぎっしりと組まれ、数日にわたる東京帝国大学での講演や特別講議に加えて、衣食住の日本文化紹介のための接待が連日行われた。歌舞伎に能、美術鑑賞、神社仏閣や庭園拝観、山海の珍味の昼食会に晩餐会、四十代半ばの体力あってこそ、すべてを受け、こなすことができたのではないかと思われる。

月が代って師走、夫人を東京に残してアインシュタインは、ひとり東北へ行き大学での講演など学術的なスケジュールを終え、十二月四日には夫人と合流して日光の金谷ホテルに泊まった。ここでの二泊は、ようやくほっと一息、日本を振り返る時間をもたらした。枯れた木の枝先にしがみつくように真っ赤な紅葉の葉が数枚、降り始めた雪に揺れている。窓際の書き物机に座って目を外へ移すと、すっぽりと雪帽子を被《かぶ》った男体山《なんたいさん》がはるかに見えた。

机に備えられた「ＫＡＮＡＹＡ　ＨＯＴＥＬ」とロゴの入った小さめの便せんに、鉛筆を走らせる。まず「日本旅行の雑感」と、後に雑誌に掲載が決まっている改造社との約束のタイトルを記す。そしてゆっくりと第一行目を書き始めた。

《**この数年、私は世界中を旅してまわった…本来、学者は部屋で研究だけに没頭すればよいのだろうが、遠い国日本からの招きを直ぐに受けたのは、未知への飽くなき好奇心がそうさせたのだ**》と、続ける。

船上で、また上陸してこの方、出会ったこの国のいろんな人の顔を、筆を止めてしばし思い浮かべた。思い出を繰《く》りながら、アインシュタインは暖かな微笑みを浮かべる。日本の人々は軋轢《あつれき》や紛争を好まず、なんと穏やかなんだろう。とてもヨーロッパでは考えられないと、感心したように頭をかすかに横に振る。この地に生まれた芸術をひとつとってみても、押しつけのない優しさで表現されているではないかと思う。

そうしてこう綴《つづ》る。

**《この国に産する物はことごとく愛らしく、明るく…常に自然から与えられたものと密接に結びついている。愛らしきものは木々、丁寧に小さく区切られびっしりと作物の植えられた田畑、そうした風景に点在する小さな家。人の話し方、動くさま、身なり、彼らの使う道具類、それらがみな愛らしい》**

七枚を書いて、いったん鉛筆を置いた。

ベルリンに戻った後に、この原稿に付け加えて、秘書に口述筆記させた文を加え仕上げた。そして最後に《美しい微笑みをたたえ、お辞儀をし、床に座る人々》へ、次のような文章で注文をつけることにした。

**《願わくは西欧に先んじた自らの偉大な徳を、汚さずに保ち続けることを忘れないでほしい。**

すなわちそれは、生活を芸術的に築きあげることであり、個人の欲望を抑えた簡明、質素な態度、そして心の清明な静けさである》と。

現在の日本人にとっては、まことに耳の痛い注文ではないか。

## 福岡訪問

本州から九州へ行くには、現在では関門トンネルで簡単に列車でも車でも往来できる。しかし、昭和の初めまでは、関門海峡を連絡船に乗り換えて渡らなければならなかった。その不便さを解消するために、早い時期から海底トンネルが計画された。既に戦争が勃発しており、軍は本州と九州を結ぶには攻撃目標となりそうな橋ではなくトンネルを掘るよう勧めた。着工から六年目にできあがったトンネルで、電気機関車を走らせて慎重な上にも慎重に試運転を繰り返し、ようやく一九四二（昭和十七）年、旅客車が合計三六〇〇メートル余の海底トンネルを抜けて走った。海の中を掘り進んで、ここに鉄道を通すという海底トンネルは、世界で最初である。

アインシュタイン夫妻の一行は半月をかけ、名古屋を経て京都大阪を講演と接待の日々で過ごしながら、大勢の供揃《ともぞろ》えで下関から連絡船に乗り換えて九州に入った。門司《もじ》港から再び汽車に乗るため鉄道のプラットホームに向かうと、そこにはスイス時代からの旧知の物理学者である桑木或雄はじめ大勢の出迎えの人々が待っていた。その中にソフト帽をひょいと持ち上げる三宅速の微笑む顔もあった。

十二月二十四日正午の博多駅頭で、東京ほどではないが大歓迎を受けて、速が予ねてから手配していた宿に案内をする。福岡には西洋式ホテルがまだなく、やむなく日本旅館に滞在となったが、これでアインシュタイン自身の一度は日本旅館に泊まりたいという要望も叶えられた。

玄関に到着した来客を、愛嬌《あいきょう》あふれる笑顔で主人と女将が出迎える。この女将は宿泊客に母の懐に戻ったような思いにさせることで有名であった。ドイツ語も英語もできないが、相手が分かろうが分かるまいが、どうどうと終始博多弁で通し、肝の据わった風体とユーモアあふれるしぐさ、そして丁寧で優雅な立ち居振る舞いに、アインシュタイン夫妻はすっかり魅せられ、慰められ、一泊二日を楽しんだ。

速が先頭に立ち、宿の部屋に案内する。速は日記に書き残した。

**《三階の最上等室にて、五十畳敷きの坪数を、上下の間、副室、扣所《こうしょ》（控の間）の四個に分割さる。廊下を隔てて浴室と便所を設けあるすこぶる豪華なる部屋なり。アインシュタイン先生夫婦は、第一、ベッドなきに驚き、何処に臥《ふ》するか。第二に下の間、及び副室などは、他の客が投宿するにあらざるか等質問あり》**

女将が床に座って、手でするりと開く「紙のドア」が音を立てないことに驚いて、誰かが侵入して来てもわからないではないか、第一鍵もないと、不安を口にした。速が慌てて「このフロアすべての部屋を夫妻で独占なさるのだ」と話すと**《大いに安堵、満足せり》**と結んでいる。

寝床として特別にふわふわの綿で誂《あつら》えた布団を四枚重ねて敷き、シーツでくるんでベッドらしく体裁を整えたが、柔らかすぎて寝心地は良くなかったようだ。

翌二十五日は、アインシュタインにとって嵐の一日であった。

午前中九州帝国大学を視察して、教授たちとの昼食会、それが終わるといよいよ速の自宅を訪問し、その後は博多唯一の大博劇場で講演会、その足で門司に向かい夜にはキリスト教教会で子供たちと交流と、聞いただけで気が遠くなるほど忙しい。

その日、昼食が終わった頃、速の大名町の家に、たくさんの御供がついて夫妻がやって来た。アインシュタインが、「ここだけは私たちだけで訪問したい」と言いながら、他の人々を残して二人で門をくぐる。中心地に近い住宅街の、昔黒田藩の大名屋敷だっただけに広い。速の先導で奥座敷まで案内されるうち、中庭にある池で夫妻の足がぴたりと止まった。大きな赤や黒の金魚がたくさん泳いでいて、夫人が「まあ、きれい」と歓声を上げた。まわりには苔の生えた石や木々が植えられていて、庭仕事は速の趣味で丹精して咲かせた菊の花が既に散って見せられないことを残念に思う。

奥座敷では妻の三保が紅茶をふるまった。茶菓をどうしようと速と相談の結果、街一番の菓子屋で洋風のパウンドケーキを求め、三保の通うフランス料理の教室で教わったクッキーも焼いて勧める。アインシュタインはお代わりに日本茶を所望した。

三保も速の通訳で話をし、四人の子供も紹介した。長男の博は佐賀高校の学生寮から急遽《きゅうきょ》呼び戻され栄えある同席を許された。もう一人、この家の書生で博と同学年の吉村善臣も一緒に立っていたので、アインシュタインはてっきり速が五人の子持ちと思いこんだ。

速の家には書生が何人かいた。彼らは、実家の事情で学費が続かないが向学心旺盛なため、住み込みで家事を手伝いながら学校に通わせてもらっている。書生というこの制度は、名を為し成功した人からの個人による奨学金制度で、いわば出世した人の世間への恩返しシステムとして、多くの向学に燃える若者を知識人たちが援助した。書生たちの待遇はそれぞれの住み込む家により異なるが、速の家の場合そのほとんどが、長男の博が自分の友人を父親に頼んで書生にしてもらったいきさつもあり、実の息子と同じ小遣いを与え、同じように庭仕事などをさせ、扱いはまったく平等であった。

二人の娘たちは振袖を着て、十歳の末娘、富子はちゃっかりエルザ夫人の膝の上に収まっている。一同はニコニコと笑いの絶えない時間を過ごした。

小一時間もすると、お手伝いが「表でお供の方が時間なのでお帰り下さいと、おっしゃっていますが」とたびたびアインシュタインを急《せ》かしてきた。いくら日本語であっても、このような場合はちゃんと分かるとみえ、その都度アインシュタインは首を横に振って、もう少しもう少しと手で押さえるような仕草をして、座り続けた。

そしておもむろに新着早々のグランド・ピアノに近寄る。速が手短かにこのフリューゲル購入の経緯を話すと、微笑みながら蓋を開け、椅子を調整して座った。

やがてフリューゲルは、速の家族が思ってもみなかった優しく美しい音で歌い始めた。フリューゲルは日本に来て初めての歌を、アインシュタインによって奏でられた。

「あー、このピアノは、なんと幸せなのでしょう」と、日頃から琵琶や胡弓を弾く三保が、めづらしく感情をあらわにして懸命に拍手をしながら言う。

「こんなに時間が短くて、本当に残念だ」と夫妻は繰り返し交互につぶやきなら、玄関に出た。長男の博が靴を整え、アインシュタインが履《は》きやすいように紐《ひも》を解いた。

「アッ」靴紐がぷつんと切れる。博はびっくりして懸命に繋ぎ合せた。底は擦り減り、紐はあちこち今にも千切れそうで、とてもノーベル賞受賞者の靴とは思えないほど粗末なものである。

「おー、いい子だねえ」突然頭の上に暖かい手が置かれた。十八歳より幼く見えたらしく、イガ栗頭をやさしく撫でてくれる人を見上げて、博は感動した。

十二月二十九日、門司からアインシュタインは榛名丸で今年のうちにパレスチナに着くために出航しなければならない。いい思い出がたくさん詰まる日本の島影が見えなくなるまで「風邪をひくから」と促されても、トレードマークの蓬髪《ほうはつ》を風になびかせたまま、デッキで動こうとしなかった。

# 第二章　それぞれの流れ

## アインシュタインの生い立ち

俗に言うアインシュタイン本は、枚挙に暇《いとま》がなく、毎年必ず何冊かが世界中で出版されている。この物理学者の仕事や生涯を知りたいならば、図書館を訪ねれば充分に満たされる。どこでも気が遠くなるほどの関連書籍が並んでいるからだ。

南ドイツの首府ミュンヘンからアウトバーンを東へ一二〇キロ、緑の森や草原をいくつも突き切って走ると、バイエルン地方で三番目に大きな都市、十二万の人々が住むウルムに到る。この街には、創立がまだ半世紀に満たない新しい大学と、昔の商都の建物が入り組む旧市内が共存している。真ん中に陣取る主役はミュンスターとよばれる大聖堂で、一六〇メートル以上もある尖塔《せんとう》はヨーロッパ一高く、薄暗い螺旋《らせん》階段で頂上まで七六八段、ゆっくり登ると三十分はかかる。

弾《はず》む息でようやく辿《たど》り着いた頂上から眼下を望むとウルム市が一望でき、青いドナウ川が岸辺に茂る濃い緑の間を縫うように流れていて、レンガや石でできたおもちゃのような家々、遠くには穏やかな丘陵が美しい。街の上を渡る大空の澄んだ空気を胸いっぱいに吸い込むと、階段を昇ってきた疲れが一気に吹っ飛ぶ。

下りの階段で膝ががくがく笑い出したころ、ようやく地上にたどり着く。ミュンスターの会堂の中では、ミニコンサートが開かれており、フルートが歌い、オルガンが伴奏をしている。吹き抜けの高い天井にこだました音が、春の雨のように降りそそぐ。目を閉じると、天国の入り口に佇《たたず》んだような、そんな厳かな気分を醸し出す。

外に出て学生のあふれる中心街を歩いていくと、ブロンズでできたアインシュタインの噴水に行き着く。口を開け水を噴き出す大学者のまねをして、観光客がキャッキャッとふざけながら写真を撮りあう。

国鉄ウルム駅のそばで、一八七九（明治十七）年三月十四日、ユダヤを出自とするヘルマンとパウリネ夫妻の長男としてアルベルト・アインシュタインが生まれた。父は電気工学の商品を扱う会社を経営していたが、倒産をし、ドイツからイタリアなどに新天地を求めて移住した。アインシュタインは理系に明るい父からコンパスを、そして母からバイオリンを与えられ、生涯この二つは、いつもアインシュタインの手元にあった。コンパスはアインシュタインに数学的興味を、バイオリンは音楽によるなぐさめをもたらした。二つ違いの妹マリアをアインシュタインは「マヤ」とよんで愛し、後にアメリカに亡命したときも伴った。

生家は第二次大戦の戦火で焼失して、現在では小さなモニュメントしか残っていない。またベルリン市内で長く住んだ家も、あの戦争で焼けてなくなった。したがって、彼がドイツに住んだという痕跡は、ポツダム郊外の湖畔の村カプートにある通称「夏の家」しか現存しない。ドイツ人は、この大学者をユダヤ人であるという、それだけの不条理な理由で、アメリカへと追いやってしまい、今になって悔しがる。

現代のドイツでは、子供たちは学校でナチスがユダヤ民族を迫害したことをありのままに学ぶ。そして多くの高校生の団体が、アウシュビッツ強制収容所跡にできたポーランド国立アウシュビッツ・ミュージアムを訪れ、彼らの祖先が行ったことを自分の目で確かめている。

だが、この博物館を案内する公式ガイドたちは、すべての見学者にこう言う。

「この広大な敷地の博物館で、あなた方が目にする事柄は、ドイツの人々だけが行った悪行と思わないで下さい。人間というものが、このように残酷な罪を犯し得るものだということを、冷静に見て下さい。そして二度とこのような事が世界中で起こらないように、みんなで平和を目指しましょう」

人はなぜ、生まれてきた人種、肌の色、外見など、周りの人々と少し異なるという、それだけの理由で差別を行うのであろうか。その偏狭な考えが個人の身の回りにとどまらず、それを利用したごくわずかな人々によって国の政策となり、危険な方向に暴走し始め、ついには悲劇をもたらした。その犠牲者として、アインシュタインも国外に逃げなければならなかったのである。

今ドイツは、第二次大戦中に痛ましい運命を辿らざるを得なかった人々が何十万人もいたことから目をそらさず、ベルリン市内の中心地に大規模な博物館と二、七一一基の石塔からなる、犠牲となったユダヤ人を長く記憶に留めるためのモニュメントを設置している。


ウルムの街を横切るドナウ川は、郊外のドイツアルプスに源を発し、大小さまざま小川を抱き込み流れていく。そしてウルムを出て、だんだんと幅広くたくましくなり、やがてウイーンからブダペストを横切り、より大きく、より立派な流れとなって、まるでアインシュタインの運命のように大きな未知の海へと向かう。

商業を営む父親の仕事で、一家はミュンヘンへ引っ越したが、ウルムの人々は「アインシュタインは、ここで生まれ、十五ヵ月もここにいたのだから、彼はドイツ人でもユダヤ人でもなく、立派なウルム人なんだ」と、胸を張る。

ミュンヘンの学校へ行ったアインシュタインは、日本の高校にあたるギムナジウムをミュンヘンで終えた。

やがてスイスで高等教育を受け、物理学をチューリッヒ連邦工科大学で学んだが、物理学部長と意見が合わなかったためか、卒業しても助手の席につけなかった。その間、代理教員やアルバイトで生計を立て、スイス国籍を取得した後、友人の父親の世話でスイス特許庁に三級技術専門職として就職し、一九〇五（明治三十八）年、博士号を取得するため「特殊相対性理論」に関する論文を提出した。そして〇七年には、有名な式「$E=mc^2$」を発表した。

博士号をとったアインシュタインは、三十二歳の若さでチェコのプラハ大学の理論物理学の教授になり、再びスイスのチューリッヒに戻って母校の教授を勤めた。一九一四（大正三）年にはドイツのベルリン大学に教授として迎えられ、カイザーウィルヘルム物理学研究所長も兼ねた。その研究室で、あの有名な「一般相対性理論」を確立し、一九一六（大正五）年に論文発表する。

アインシュタイン・タワーと呼ばれる塔は、ポツダム郊外にある。天文観測ができるこの塔の中で、アインシュタインはあのモジャモジャ頭の中にさまざまな学問を繰り広げ、生涯を通して未知の宇宙への挑戦を行った。

アインシュタインの「相対性理論」は、物理学に関心のない者には難解そのものである。この理論の説明を誰にでも分かるようにするのはもっと難しい。専門家すら首を傾げながらこう言う。

「アインシュタインが提唱したこの理論は、私たちの住む宇宙の時間と空間について述べたもので、この理論の登場によって、それまでの時間と空間についての理解は根本的に覆《くつがえ》されました。つまり物体が運動するとき、運動する速度が光の速度に近づくと、運動している物体の時間の進みが遅くなったり、距離が縮んだりする現象を予言したのです。浦島太郎が竜宮城へ行って過ごした時間は短いが、この世に戻ると実際に過ぎていた時間はとても長かったでしょう。それになぞらえて俗に浦島太郎現象とも言われます。ＳＦで宇宙旅行をすると地球時間と宇宙時間が違うというのは、これから出た発想だとも言われています。しかしこの理論はなかなか難解なので、当初アインシュタインが発表した時は他の学者に受け入れられなかったのですよ。でも今ではカーナビの正しい作動にも役立っているんです」

ミュンヘンで行われた二〇〇九年ドイツ外科学会の記念品はペーパーウェイトであった。

デザインにアイシュタインの写真と重なってその言葉があしらわれている。

**《可愛い女の子と一緒に過ごす二時間は二分に感じる。反対にストーブの上にたった二分座らされると二時間に思えるだろう。それが相対性というものさ。——アルベルト・アインシュタイン》**

さてアインシュタインは、チューリッヒ連邦工科大学の学生の頃、ミレーヴァという同じ物理を学んだ優秀な女性と恋に落ち、卒業後の一九〇三（明治三十六）年に結婚をした。当時大学で学ぶ女性も、女性に学問を許す大学も、ヨーロッパでは数少なかったが、スイスはドイツより学問における性差別は少なかったと思われる。ちなみに医学についても、ドイツの女医第一号は母国での勉強が許されず、一八七五（明治八）年スイスの大学に通って医学を学ぶことができた。ドイツの大学が医学生として女性を受け入れたのは、それから十年後であった。

ミレーヴァとの間には男の子が二人生まれ、彼らも後で父に招かれアメリカに行き、長男は理工系の教授となり、次男はアメリカで医学部進学中に亡くなった。優秀なミレーヴァは自我が強く、アインシュタインと同じ分野の仕事上で張り合っていたのではないかとも言われている。アインシュタインが一九一四（大正三）年にスイスを後にして、ベルリン大学の教授として赴任するのを猛反対した。これまでに出版された伝記には、二人の間には壮絶な争いがあったとも記述されている。結局アインシュタインはベルリンに単身赴任し、別居生活を送ることになった。孤独をまぎらすかのようにアインシュタインの新しい職場での学問の情熱はますます火がついた。しかし、猛勉強が過ぎたためか、体を壊し、長い療養を余儀なくされた。

この頃ヨーロッパには激動が起きている。当時オーストリア領であったサラエヴォでオーストリア・ハンガリー帝国の皇太子が暗殺され、このテロを機に第一次世界大戦が勃発した。アインシュタインは、家庭も崩壊し、病気で気弱になっていたこともあり、こんな時代にこれからの学問をどうしようかと思うと、絶望のどん底で苦しんでいた。

その時に優しく看病したのが、従姉《いとこ》のエルザであった。エルザも最初の結婚に失敗して独りで娘二人を育てていたが、三年後に、この二人は再婚をした。

エルザは三歳年上の姉《あね》さん女房で、書いた字からのみ判断すると、どんと肝のすわった女性のようである。学問的に非常に優秀なミレーヴァと比べ、エルザは傍にいるだけでアインシュタインがほっと寛ぐ時間が持てたのではないかと思われる。彼女をわがままな女であったと悪く言う証言の本もあるが、気難しいアインシュタインに家庭的安らぎを持たらすことができたのは、母性の豊かな女性だったからであろう。常に夫の健康を気遣《づか》い、来日したときも「あなた、タバコ、少し喫いすぎよ」と言うエルザの言葉を、数人の日本人が聞きとっている。

後にカプートに「夏の家」を建てた時、アインシュタインが、その設計士に、「私の家の家計は、すべて妻に任せてあるから、妻に相談してくれたまえ」と、言ったという。そして設計士は、エルザと二人で物件を見に行き購入を決定していることからも、家事全般についてアインシュタインはエルザに全幅の信頼を置いていたと思える。

エルザには前の結婚で生まれた二人の娘がいたが、二人のうち一人は体の弱かったので再婚して間もなく亡くなってしまった。もう一人の娘マーゴットは、アインシュタインとエルザがアメリカへ移った時も一緒に連れて行き、プリンストンに住んで義父の最期も看取った。

## 三宅速という人

徳島県の西に位置する美馬《みま》市は、二〇〇五（平成十七）年に、脇町、美馬町、穴吹町、木屋平村を統合し、一つの市となった。面積の八割を緑豊かな森林が占め、剣山《つるぎさん》をはじめ山々が、そこに住む三万三千人ほどの人々を抱くように囲んで平野を形成する。見方を変えると山は、そこに住む人がよそに出るのを阻《はば》むかのように険しくそびえる。

東西を横切る流れが吉野川で、水の自然がもたらすさまざまな幸は豊かだ。脇町は屋根の上に取りつけられた防火壁の「うだつ」で有名になり観光街となった。訪れる人たちは、特産の藍染めや農産物を商う店を覗きながら、軒の低い古い街並みで楽しい時間をもつ。脇町の対岸は、大きな川岸にうっそうと茂る竹林が、長い間岸辺の家々を水害から守ってきた。ふだん穏やかに悠然と流れるこの川は、夏ごとの嵐が来るたび大暴れして、家や人を呑み込み丹精した藍の畑も作物も流し去った。現在では、護岸工事が完成して洪水の心配がなくなったが、床の高い家の外壁に荒れ狂った川の水位の跡が今もくっきりと残っている。

三宅速は、一八六七（慶應三）年に、現在の美馬市穴吹町となった舞中島で生まれた。生家は老朽化し、平成になって惜しまれつつ取り壊されて、今はない。吉野川を背に、藍の畑を前にして建っていた医院と住居は蔵作りで、手術室も備える八代続いた医家であった。屋敷跡は、現在では一段と盛り上がった空き地を残すのみとなったが、後方の一段と高い土手の上に立って見下ろすと、吉野川が昔と変らず悠然と流れている。


幕末の都で尊皇攘夷の運動が吹き荒れ、各地での戦いが終わっても、吉野川は四国の山脈を縫って寒風に抗《あらが》い、幾年も変わることなくうねうねと流れる。その中洲に、小さな男の子が独り、襟《えり》に顔を埋めてうずくまっていた。

「おーい、なにしてるんだ」

その子、速に声をかけたのは、大叔父の三宅憲章であった。速の父親より年が若いが祖父の末弟にあたる憲章は、代々この家の若者たちが故郷を離れ都会へ出ていったように、新天地を求め、舞中島を後にして江戸に留学した。フランス語を学んで幕府の通辞となったが、幕府が崩壊して明治政府になると職を失った。明治も十年を過ぎると各地で起こった武士の反乱も西南戦争を最後に収まり、誕生したばかりの首都東京では、新しい情報を求める人々に応えて、雨後の筍《たけのこ》のように新聞や雑誌が創刊された。憲章はそれらの紙面に記事を書いて日々の糧《かて》を手にしていた。

開国後の大きな歴史のうねりを目の当たりにした憲章は「これからは外国語が大切だ」と、実感する。経験を生かして本格的に語学を勉強しようとしていた矢先、志半ばで体を壊して徳島の実家に戻ってきた。毎日なにもせずぶらぶらと居候《いそうろう》をして暮らし、都会の匂いをぷんぷん漂わせる憲章のニヒルな様子に、少し恐れをもった速は極力避けていた。医師ではあるが詩作を好む大人しい父と、若くて強い継母によって構成される家庭では、速もまたアウトサイダーで、二人はお互いに強く意識しつつ過ごしていた。

「お前は、いつもオトッツァンの書斎で医学書を見てるだろう。書物が好きか」

吉野川の岸辺で声をかけられた速は、咎《とが》められていると思い落ち着きを失う。

「俺が住んでいる新しい東京って所にはな、医学を学ぶ日本で一番の学校がある。それに外国人も大勢いて、いろんな国の言葉が学べるぞ。お前、そこで勉強してみないか。俺と一緒に東京へ行かないか」

その一言に速は、びっくり箱の人形のように背を伸ばした。まっすぐに叔父の憲章を見つめる浅黒い速の顔に、みるみる赤みが差す。そして、寒気を切り裂くような声で答えた。

「はい、勉強したいです」

もう半年も同じ屋根の下にいるのに、憲章はこの子の声を初めて聞いた気がする。父母に距離をおくように、いつも独りぼっちの速の存在は、見るからに孤独であった。

まだ小さいとはいえ弟や妹を、膝にのせ頬を寄せて愛情で包む父母の愛を、速は受けられなかった。速を出産後に間もなく亡くなった先妻の子を可哀そうに、と父は思うのだが、若い継母に大声で意見を言われると「詩を作る」と言いながら、自室にこもってひとりの世界に逃げた。逃げ場のない速は、川や山、木々や動物たちを友とし、それらに接することで優しさを学んだ。幸いここは、豊かな限りない大自然がある。


それから半年後、一八七八（明治十一）年十一月、玄関の大ケヤキが葉を落とし始めた頃、憲章に手を引かれ十二歳の速が生まれて始めて故郷をあとにした。

徳島の港から船に揺られて大阪港を経て、やがて東京に上っていく。東京では築地という町の借家で、憲章の妻イトが帰りを待っていた。

徳島の実家は、医家の跡取り息子を教育してもらうということで、かなりの教育資金を定期的に憲章夫婦へ送ったが、速が大学を卒業するまでの学費に加え、憲章夫妻と速の生活費までもまかなうと、決して裕福な暮らしはできなかった。

憲章が、江戸幕府の通訳として働いていたころの伝手に話をつけ、速は東京外国語学校に入学を許された。

明治政府は西欧各国から文化を積極的に取り入れ、鎖国時代の遅れを取り戻そうと躍起であった。医学はドイツから学ぶこととしたので、医学を志す者にはドイツ語が必須となった。東京外国語学校は、十代の少年たちに徹底して外国語を教育する機関である。

翌朝から、風呂敷に包んだ重い石板《せきばん》を背中に背負わされて、憲章のあとに従い学校へ向かう。速の後ろ姿を見送って、イトは目を細めて呟《つぶや》く。

「まあ、あの子のまだ小さいこと。なんだか石板が歩いてるみたいだねえ。大丈夫かねえ」

石板は、教室で習ったことを書きとめる大切な学用品である。学校で早速ついた渾名《あだな》が「チビ」。教師から指名されて発言するたびに教室は笑い声で沸《わ》いた。地方との文化交流がほとんどなかった当時、生徒たちは地方の言葉を耳にしたことがなく、速の徳島訛《なま》りがおかしいと、そのたびに笑われた。

いじめられたと思った速は、誇りも矜持《きょうじ》も踏みにじられ、「見てろ、勉強でお前たちを追い越してやる」と歯を食いしばった。

家に戻ると帳面を広げ、墨を磨り、縁側に向かって置かれたミカン箱に向かう。石板に学校で今日学んだことがメモされており、それを和紙をこよりで綴《と》じた帳面に細かく写し取る。その手先を覗《のぞ》きこんだイトは、速の繊細な筆使いに驚き、書かれた速の字がまるで刷り物のように整っていると憲章に告げた。

上京後七年目の一八八五（明治十八）年には、東京大学予備門へ、そして翌年には第一高等中学校へと順調に進学していった。教育制度がどんどん変わっていき、学校の名前も、予備門は第一中学、後の第一高等学校、東京大学は東京帝国大学と改まった。

速はどの学校でもクラスのトップを切って進学し、ついに東京帝国大学医学科に入学した。予備門に入った時十九歳だった速は、憲章の家を出て学校の寄宿舎に移った。夫婦はしきりにさみしがり引き留めたが、夜中まで学校で勉強して帰りも遅く、明け方まで明かりを点けて起きているのも、狭い家で気を使う。第一、生活のサイクルが異なるので、別居をしてよかったとほっとした。イトは下宿に来ては、掃除、洗濯、簡単な保存食と、こまごまと面倒をみてくれ、速も時間があると夫婦を訪ねた。

一人暮らしになって友人たちと青春を謳歌《おうか》することもでき、速の生まれた田舎とまったく異なる暮しをする友人とも親しくなって、さまざまなことを体験できた。東京には西欧から新しい品物が入ってきて、文化人たちは進んで珍しい牛乳やバターなどを食べ、椅子や机、ベッドも家に置き、そんな生活をする人をハイカラ、モダンと言った。

ある日、駒込に住んでいる要人の息子の屋敷に、寮の友達と共に招かれた。邸内は広く、裏の方の庭には畑もあり、街ではまだ売られていない外来種の花や野菜を作っていた。初めて見るものに、速は遠い異国を感じ興味津々である。

背の低い枝になっている緑と赤い色の柿のような実を指して、その家の息子が自慢する。

「これを食わねば文化を語れない」と言いながら数個をもいで渡してくれた。

寄宿舎にもどって、地方出身者の多い寮生たちは、初めて目にするこの実を丸く輪になって眺めていたが、一人が勇気を出してかぶりついた。同時に、顔をこわばらせて口を押さえ、洗面所へ駆けだした。

「ふーん、これがトマトウか。こんな青臭い、奇妙な味のものを食わねば、ハイカラにはなれないのかなあ」と、一同は考え込んだ。

そんな新しい体験をするたびに、速はまだ見ぬヨーロッパにあこがれ、一度行ってみたいという思いが募る。

上京して十三年目に、最終目標の大学医学部卒業の日を迎えた。卒業式には、尻ごみをする憲章夫妻に「ぜひ出席して」と頼んだ。夫婦は借り物の礼服に身を改めて、初めて東京帝国大学の門をくぐり講堂の父兄席におずおずと着く。周囲のフロックコートや黒紋付を着た立派な人々のなか、二人は落ち着かなく身を寄せあった。

首席として卒業生総代で答辞を述べる速を、夫婦は首を伸ばして見届けた。二人はそろって手拭で目を擦《こす》り、感極まって泣き声が出ないように口もしっかり押さえ、「あの小さなゴボウのようだった子が」と思うと感動のみで、せっかくの格調高い答辞の内容まで頭が回らなかった。

## 外科医誕生

外科教授であったドイツ人スクリバから声がかかり、速は卒業後ただちに東京帝国大学外科教室の助手になった。一級上には、秀才の近藤治繁《はるしげ》がいた。もしスクリバの後継者を選ぶならば、この二人から選ばれるであろうと人々は噂しあった。

このところ速は、下宿に帰るのが憂鬱《ゆううつ》だ。帰って机の上に置かれた書状を見ると、毎日のように見慣れた父親の筆跡である。読まなくても内容は分かり、おそらく一日も早く東京を引き上げ徳島に戻って医業を継ぐようにという、催促に決まっている。

その日の手紙に「小さな村の医院では東京で勉強したお前の腕には器が小さすぎると思うから、徳島市内で敷地を求めて、目下新しい外科の専門病院を建設し始めた」とあった。父親の「もうじき、病院ができる」という文字を追いながら、大きなため息を漏らす速の頭が、鼓動を打って割れるように痛み始めた。この偏頭痛は速の持病となり生涯悩まされた。実家から長年送られてきた、いわゆる教育費はかなりの額で、幼くして故郷を出た速は、父親に負担をかけて申し訳ないと思う気持ちもあってか、これ以上わがままは言えないと思う。

さんざん悩んだ挙句、速は徳島に帰ることに決めた。

惜しまれながら東京を去り、徳島に帰った速を待っていたのは父親ばかりでなく、噂を聞いた近隣の患者たちであった。三宅外科病院は県下初めての本格的な病院で、助手に優秀な地方の医学校を出たての若者を雇《やと》い、手術もどんどん行って、評判を呼び繁盛した。ところが速の気持はだんだん暗くなっていく。

そんなある日、父親が満面の笑みで速を訪れ、唐突に告げた。

「嫁取りを、来月の吉日に決めた」

当時の結婚は、当人たちの関わり知らないうちに、すべてのことが進んでいくのが常だった。

この報せを誰よりも喜んだのは憲章夫妻で、二人は速が徳島に帰った後、矢も盾もたまらず東京の暮らしを畳んで徳島へ引っ越してきて、相変わらず速の身の回りの面倒をみていた。歯切れの良い江戸弁と下町風に世話をやく二人に身を任せている速は「自分の本当の心のふるさとは、憲章夫妻ではないか」と思う。

婚礼当日まで一度も顔を見たことのない花嫁は、色白で口数少なく、時折の微笑みにまだ幼さを残している。昨日まで大切に親に育てられ、親の言うなりに訳もわからないまま十六歳でひとまわりも年上の速の所に嫁《か》してきた。速はそんな花嫁を哀れに思った。

だが初めて二人で迎えた明け方、口に布団を押し当てて長い間、咳込んでいる花嫁に速は驚いた。骨が掌にこつこつ当たる背中を撫《な》でてやりながら、医師として、これはただ事ではなく、当時の死病である結核にちがいないと気づいた。思った通り、恒例の里帰りから花嫁は速のもとに戻れなくなった。ひと月経たぬうち、仲人が顔色変えてやってきて、花嫁が喀血して急に亡くなったと報告した。あまりにもあっけない幕引きであった。当時の習慣通り、結婚して間もない、まして子供もないこの花嫁の籍は入っていない。

東京から戻り、外科病院を始めて、やがて五年の歳月が流れようとしていた。診療に治療に、また病院経営に多忙な日々であったが、その間を縫って速の胸に去来するのは「勉強がしたい、ここに埋もれていたのでは駄目になる」という思いであった。母校から送られて来る通信や、友人の手紙によると、東京には新しい医療機器が入ってきて、学問は一日も休むことなく進んでいるという。そして友人たちが次々に本場ドイツへ、医学を学びに行くと書かれていた。

久々に実家の門をくぐった速は、今日こそ父に留学したいと申し出ようと決心をして座った。

「徳島の病院もうまくいっております。今働いてくれている助手も、立派に手術ができるように教えました。父上、私はまだまだ勉強したいのです。二年だけ、たった二年だけ、私をドイツへ行かせて頂けないでしょうか」

驚いた父親がしばらく腕を組み、思い切って口火を切った速の顔をじっと見ていた。

三日の後、父親は慎重に言葉を選んで話す。

「この頃では立派な医者がこぞって洋行するとも聞いたよって、それもええやろ。その代り帰って来たら、ちゃんとドイツで学んだその学問を、三宅病院で活かしてくれよ」

父親は、一刻も早く速が戻ってくるように、そしてまさかドイツに行ったきりにならないように錨《いかり》をつけなければと思った。そのためには嫁取りを急ごうと考える。

年が明けて早々に、それは速がドイツへ出発する三月前であるが、父親がこう言った。

「お前には先の結婚では気の毒なことをしたなあ。今度こそ頑健な嫁を探していたが、ようやく見つかった。父親は蜂須賀家の武士やったが、ご維新のあと小学校の前で子供相手に文房具の商いと学問塾の教師をしてなさる。亡くなった母親の代わりに家族の世話をしとるうちに嫁《い》き遅れたようだが、この娘が近所で評判のよう働く丈夫な娘やそうな」と、二度目の結婚話であった。

速がその話を聞かされてわずか七日後には、吉野川の中洲にある舞中島の旧《ふる》い家に、三保が二十五歳で、松飾りの下をくぐり、嫁いできた。

一八九八（明治三十一）年三月、舞中島の実家の桜の老木が花を散らす中、フロックコートに身を固め、小柄な身体をぐっと伸ばし山高帽子をかぶった速が、遠く遥かなドイツへと旅立って行った。

幼い日の東京への旅立ちは、医者になるまでは帰れないという悲壮な決意があったが、今回は新妻《にいづま》三保に「待っていてくれ」という未練を残しての旅立ちである。従順で穏やかな三保を、速は結婚以来三ヶ月経《た》った今、心から愛《いと》しいと思い始めていた。

速が出かけた年の暮、ヨーロッパから船便で大きな小包が届いた。詩心のある父には綺麗な色刷りの美術書、継母には膝かけ、家族それぞれに異国の香り豊かなこまごまとした品が入っている。中に「三保どの」と名が記された三保宛の包みには、エーデルワイスの押し花と、小さな蝶々のブローチが入っていた。

「先だって、世界で一番の山アルプスに登ると、そなたによく似た白い花が咲いていた。日本語では雪中菊という」と、便りがついていた。

何度も涙と共に読み返しては懐に収め、まるでお守り札のように三保はこの手紙を杖にして、速の帰りを待った。夫の実家にひとり過ごす日々は、義理に囲まれて、針のむしろの上に座っているようであったが、我慢することが妻の勤めと心に固く決めていた。

正月の里帰りに徳島へ戻った三保は、評判の立木写真館に行き、鏡の前で襟元に速から贈られたブローチをぎこちなく留めて、レンズの前に座った。でき上がった写真を、ありったけの想いを一緒に入れてドイツの速に送った。

来年桜が咲き、そしてもう一度この桜が咲いた時に、三保の速は帰ってくる。そう思うと、どんな苦労も我慢できるような気がした。

## ドイツ留学

速が五十日あまりの船旅と汽車の旅で、初めて落ち着いた街はベルリンであった。ベルリンには医学書に名を連ねる綺羅星のような学者たちが集まり、切磋琢磨している。既に十数年前には、日本からここベルリンに留学した北里柴三郎が、細菌学者ロベルト・コッホのもとでコレラ菌の発見という世界的な研究成果を挙げ、日本国内にもその名が轟《とどろ》いていた。

日本人の医学留学生は同じ時期のベルリンに三十数名もいた。その人々から、速は耳をそばだて情報を得る。その結果、当時ドイツでもっとも輝いている外科医は、ベルリンから南東に三百キロの街、ブレスラウの大学にいるヨハネス・フォン・ミクリッチだそうで、手術も学問的アイディアも当代一との評判が耳に入る。父親には二年の猶予をと約束したので時間はない。速は一目散にブレスラウへ向かった。現在ではポーランドのブロツワフと国も町の名も変ったが、その頃はドイツ領でベルリンに次ぐ大都市であった。

速が師事したいと願ったミクリッチは、世界で初めて胃癌手術を成功させたウイーン大学の巨匠テオドール・ビルロートの門弟三羽烏の一人である。その胃癌の手術法は「ビルロートⅠ法、Ⅱ法」と名づけられ、現在でも世界中で行われている。ビルロートによって行われた胃癌切除術の助手をつとめたひとりが、ミクリッチだった。

ポーランドのクラコフの大学やクローネンブルクの大学教授を経て、ミクリッチは、四十歳でブレスラウ大学の主任外科教授に抜擢され、着任すると直ちに病院と最新設備の手術室を新築し、積極的に手術や研究を新機軸で行った。

ミクリッチが建てたという病院の、大きくて重い扉をベルリンからやって来た速が思い切って押し開けた。吹き抜けの玄関正面にある大きな螺旋階段を、細かい細工の施された手すりに沿って登っていく。そして教授室の前で呼吸を整え、ノックをした。

権威といわれるミクリッチは、これまでに会ったドイツ人より小柄であった。そして思いのほか優しそうで、華奢《きゃしゃ》な手を差し伸べ、緊張で冷たくなった速の手を握る。幼いころから鍛えられたドイツ語の、最も丁重なことば使いを慎重に選びながら、速は「先生に外科を学びたい」と申し出た。

ミクリッチは微笑みながら頷《うなず》き、「遠い東洋からよく来たね」と、即座に入門を許してくれた。そして下宿の世話やこまごまとした指示を秘書に言いつけ、

「さぞ疲れただろうから、週末は休んで、次の月曜日から病院へ来なさい」とつけ加える。

現代のように日本から十時間あまりでヨーロッパに飛んで行き、日本での日常生活に街のレストランでナイフ・フォークを操《あやつ》って食事をし、椅子や机を使いベッドに寝て、どこに行っても違和感なく暮らせる現代の若者とちがい、速の時代には海外に行った日本人がどのくらいのカルチュア・ショックを受けたか計り知れない。

大学に通い始めると、ミクリッチが門を叩《たた》くすべての人々、ことに海外からの留学生に対して、拒まず受け入れるのは、自らの苦労の体験からの結果であることがわかった。

現在はウクライナだが、当時はポーランド領にチェルノビッチという街があり、ミクリッチは一八五〇（嘉永三）年、ポーランド系の父、ドイツ系の母の長男として生まれた。ヨーロッパ中部のポーランド、ロシア、ドイツ、オーストリア、チェコ等の国境に接する町や村は、いつの時代も戦いのたびに近隣の国から侵略が繰り返され、そのたびに帰属が異なり、街の名も変わる。そこに住む人々は言葉もさまざまで、それらを自由に使い分けた。ミクリッチも自ずから国際的で、出自はポーランドともドイツとも言われる。

ウイーン大学医学部に志望して入学し、卒業後は外科医を志願するが、外科学の主任教授ビルロートは、面接したミクリッチを評してこう言い放った。

「彼のようにひょろひょろ痩《や》せた、体力に欠けるような頼りない男は外科という荒業には向くまい。まして名前からして彼は外国人だろう。私の教室には必要ないから、まあ他の科へ行けばよい」

しかしなんとかビルロート門下の末席に名を連ねることができた。ミクリッチは小さい時から本格的にピアノの英才教育を受け、その音楽力は彼をいろいろな場面で助けた。実際にビルロートが彼を認めたのも、その音楽の能力からであった。当時ビルロートはヨハネス・

ブラームスととても親しく、しばしば自宅でホーム・コンサートを催して楽しんでいた。ある日、ミクリッチが学生時代のアルバイトにピアノを教えていたことを聞いたビルロートが、ブラームスの前で弾いてみるよう命じた。緊張したミクリッチが、世に発表され評判の『ハンガリー舞曲』を弾き始めると作曲者のブラームスが隣に座り連弾となった。そしてその後、ミクリッチはホーム・コンサートの貴重なメンバーになった。

しかし本業の医学で認められるために、ミクリッチは人一倍の努力をして研究に臨床に、先輩や同僚が帰宅した後も研究室に残って頑張った。ビルロートは、英国のジョセフ・リスターが一八六八（明治元）年に消毒法を開発したことを知ると、ミクリッチをそこに留学させた。そして消毒の器具などをウイーン大学に持ち帰らせ、世界最初と言われる胃癌切除手術を成功へと導いた。

現在最新の医学辞典を開くとミクリッチ細胞とか、ミクリッチ鉗子《かんし》など、今でもその名を見ることができ、消化管の内視鏡という分野でも世界のパイオニアとして、ウイーン時代の努力の結晶が見える。

しかし、外国人であるため、またはその小柄な体つきのために、最初ビルロートにもたれたあの差別を、ミクリッチは忘れることができなかった。だから、人を国籍や見かけで区別するのはやめよう、実力と人柄だけで人間を見ようと、生涯を通して貫き通した。そのミクリッチによって、人一倍貧弱な体の外国人である速もまた、受け入れられたのであった。

ブレスラウ大学の新しいミクリッチの手術場は全面タイル貼りで、水で流せばたちまちのうちに清潔になる。長い白衣、白い帽子、手袋、そして大きなマスクを着けた完全武装の外科医の姿は、この手術場から始まった。フロックコートのままやワイシャツの腕まくりで、ベッドの上で周囲に押えられている患者にメスを振るう医師を描いた絵画がヨーロッパ各地に残っている。それは清潔という概念がなかった頃の姿で、ミクリッチが手術の手袋やマスクの着用を世界に先駆けて行い、ひとつの手術場革命を断行した。

この手術場で、さまざまな病気に苦しむ患者たちが救われたのだが、当時は整形外科も、脳外科も、消化器外科も泌尿器科も、全部同じ外科で治療されていて、これらが細分科されたのは、第二次大戦後のことである。

その日も師ミクリッチが真ん中に立ち、大男の門下生たちが取り囲むように助手をつとめて手術が行われていた。

一番後ろに踏み台にのって、なお背と首をいっぱいに伸ばし、師の手先の動きを見逃すまいと速は見つめる。ほどなく師は、速に簡単な手術の助手を命じた。達人と共に手術を行って、自ら貪欲にその技術を学ぶことが、外科医という名の職人芸の習得法である。

「君は左手も、右手と同じように使えるね」手術を終えた師の感想であった。この言葉は、外科医の技に対しての最高の褒《ほ》め言葉で、この後しばしば助手の指名や執刀さえも命じられるようになった。速は、師の一挙一動も見落とすまいと目を皿のように見開き、頭に克明に刻みつけた。手術室ばかりでなく研究室でも、先輩や同僚らと共に手術に使うカットグートという縫合《ほうごう》のための糸をはじめ、さまざまな研究を行い、ドイツ人と遜色《そんしょく》なく肩を並べて研《けん》鑽《さん》した。

ブレスラウ大学、現在のブロツワフ大学医学部資料室にはミクリッチ学派の系統図がある。ザウアーブルッフやドイツ各地の教授たちの名前と共にその枝先には、「HAYARI・MIYAKE」の名前が書き込まれている。

留学の二年という歳月はあっという間に過ぎた。暇《いとま》を請《こ》いに行った速に、師は顔を曇らせた。

「まだ君のする研究は残っている。どうしてそんなに早く帰国するのか」

速は、二年の約束で病院を空けてきたことや私費で留学した経済的な問題を、誠意をもって話した。

「君はもっとここで勉強をしたいと思うだろう。それならば、私の養子にならないか。そうすれば経済的な問題も、すべて解決するんじゃないか」

目の色も肌の色も異なる速に、わずか二年のつき合いにもかかわらず、師は自分の養子になれと言ってくれている。速の体は感動で震え出し、鳥肌が立つ。

しかし、郷里では父がドイツ医学を修めた速の帰りを楽しみに、そして離れている分、愛しさの募る妻の三保がどんなに待ちわびていることだろう。ありったけの感謝の思いを込めて、師に自分を待っている家族の話をした。そして

「お許し頂ければ、もう一度やり残した研究をしに、ここへ戻って来させて下さい」とつけ加えた。

もとよりミクリッチが首を横に振るわけはなく、固い約束のもと速は帰国の途に就いた。

❖

# 帰国

一九〇〇（明治三十三）年六月、速は徳島に戻った。徳島の病院で外科の医療を再開したものの、現代のように流通も整わず、ドイツで学んだ技術を発揮するための器具も手に入らない。まして病院を経営するには細かな心遣いをし、雇用している人々への心配りをしなければならない。勉強の時間が見つけられず速は焦る。

そんななか、母校の東京帝国大学第一外科教室から京都帝国大学附属大阪府立医学校（現大阪大学医学部）の外科医長として行かないかと打診された。速は深い悩みのどん底にあり、病院の経営は自分には不向きで、先に希望の持てる場所を得たいと日夜悩んでいるところだったので、その誘いに胸がときめき、受けることに決めた。

幸い病院の留守を預けた外科の助手が、腹違いの妹と結婚したのを良い機会として彼に譲ることで父に話をつけ、三保を伴い大阪に船出した。小さな借家で自立した夫婦の生活は、なにはなくとも心豊かで、学校での教師生活にも満足した。

速は論文を書き上げ、一九〇一（明治三十四）年母校に提出して医学博士号を得た。仕事だけでなく、家庭でもめでたく新しい命を授かり、博士となった記念の年に産れ出た長男に「博」と名づけた。やがて母校から、今度は京都帝国大学附属福岡医学校（現九州大学医学部）に赴任するようにと命じられた。博士号を授受されたほんのひと握りの医学者たちの人事権は母校にあり、それに従わなければならなかった。

大阪医学校を辞した速は、福岡の学長に許しを得て、着任までの一年間で、ドイツでやり残した研究を仕上げることにして、再び師の待つブレスラウへと旅立った。

一九〇三（明治三十六）年、ミクリッチの病院へ戻った速を、かつての同僚たちが歓迎してくれる。だが、師の部屋の扉を開いた速は、一瞬目の前が真っ暗になった。師の顔は、やつれてただ事と思えぬ様相をしている。医師である速の目には、はっきりと悪病にかかったことが分かり、力なく抱きしめてくれる師の顔に、もう一度焦点を合わせることができなかった。

研究室で黙々と論文を書き上げた速は、ドイツ外科学の最高権威である専門誌に投稿することが許された。

師に最後の別れを告げた時、ミクリッチは手書きの能力証明書を用意していて、速の目の前でサインをした。そこには、

**《三宅速博士はこの大学での研究、臨床を究め、帰国して後はこの学問を活かし、祖国の医学教育に捧げるように》**と書いてくれていた。そして速は、師の病状に心を残しながら、ドイツを後にした。

一九〇四（明治三十七）年、帰国後、九州の外科教授に就任して、師が書いてくれた能力証明書に従って、医学の教育のためにできる限りのことをしていこうと考えた。

玄界灘から冷たい風が吹き始めた博多駅に、学長をはじめ多くの人々が新任の速を出迎えてくれた。この大学発展のために頑張ろうと速は気を引きしめる。

用意された人力俥《じんりきしゃ》に乗り、博多駅から後にアインシュタインが泊った旅館「栄屋」に向かう。ところが途中まで行ったとき、突然俥《くるま》が大きく揺れた。街の風景を眺めていた速が「何事か」と前をみると、人力俥を引いている俥夫があっちへひょろり、こっちへひょろりとただならぬ蛇行をしながら、やがてばったりと前にのめるように倒れこんだ。幸い前に倒れたため、梶棒《かじぼう》が俥夫の体の下で地面に固定されて大事には至らなかったが、まるでこの事故は

これからの福岡での速の生活を暗示するようで、不安が胸をふさぐ。

十月には、家族を博多に呼び寄せた。速の喜びは、その日記に《**車窓より余の姿をながめし瞬間の三保の嬉しき笑顔は余の眼底に映じて去らず**》とある。

二年後に女の子を、そのまた二年後に男の子を三保が出産したが、次々に病気によって絶命し速は身が引き裂かれるほどつらい。大学では内部紛争が起き、速の持病である偏頭痛は日を追ってひどくなった。

出勤してみると病院は、速の日記のよると《**古色蒼然たる粗造の掘っ立て小屋**》で設備も器具も乏しく、これからどうやって医療を行おうかと暗澹《あんたん》たる気持ちになった。

追い打ちをかけるように、翌年一ヶ月遅れでミクリッチの死亡通知が届いた。師自身が長年その治療法を研究していた胃癌によって一九〇五（明治三十八）年六月十四日に五十五歳の命を閉じたと、書かれていた。しばらくすると身内だけに渡したという師のデスマスクが夫人の手紙と共に、海を渡って速のもとにやって来た。

「夫が可愛がった東洋のお弟子さんに、このマスクを送らせてもらいます」

速の日記に、

《**外科の名声、終《つい》に倒れて、また見ることあたわず、嗚呼《ああ》悲しいかな**》とある。

速はマスクの前で、頭を垂れたまま、しばらく顔をあげることができなかった。その後三十二年の間、クリスマスには未亡人へ毎年ささやかなクリスマス・プレゼントを欠かさず贈り、師への感謝を捧げ続けた。

やはりあの人力俥のように、自分はふらふらとひっくり返るような運命にあるのかとがっかりした。しかし、嘆いてばかりはいられず、師の教えのように「人を癒すための医療と研究」を目指そうと自らを鼓舞する。そして自宅を引っ越し心機一転をはかった。

着任して早速はじめての胃癌手術を行った。師ミクリッチ流ということは、ビルロード直伝の手術法で、その頃の日本では、行われていない最新の外科治療といえる。その後、速が退職するまでの二十三年間に胃癌手術を行った症例は一、六七〇例という。これを基として後に『胃癌』という本を出版したが、現在でも胃癌に関するバイブルという人もいるほどである。この他、日本で最初の脳腫瘍手術や消化器内視鏡、胆石症の手術等、さまざまな研究や臨床を行い、わが国の外科学に貢献した。

## ふたりの往復書簡

アインシュタインの来日以来、日本全国にまき起こった津波のような喧噪は、一九二二（大正十二）年十二月二十九日アインシュタイン夫妻が下関沖の榛名丸で別れを告げた翌年には、潮が引くように収まり、日本社会も徐々に落ち着きを取り戻し始めた。

筆まめで有名なアインシュタインは、ベルリンに戻ると日本で世話になった人々に精力的に手紙を書く。速のもとへの第一信は、出港前に投函したらしく、早くも翌々日の三十日に到着した。

書類の入った小包を開けると、二枚の色紙が入っており、本来色紙の裏面にあたる金粉をちりばめた方に、美しく繊細な筆跡とサインが見える。

**《親愛なる旅のお仲間、慈悲深い医師で日本の友、三宅先生へ。感謝の思いを込めて。アルベルト・アインシュタイン》**

もう一枚には、対象的に豪快なといえる太めの元気な字が躍る。

《**三宅先生とご一緒したことが、私にとって心温まる思い出となりました。エルザ・アインシュタイン**》とあった。

そしてさらに、
《**福岡での日々は、私にとって忘れられないものとなりました。…**》で始まる、感謝がいっぱいこもったアインシュタインの手紙がついている。

もう一つの封筒には、七枚の「ＫＡＮＡＹＡ　ＨＯＴＥＬ」とロゴが印刷された小さい便せんがあり、そこに鉛筆書きの草稿が書かれている。

あの日、速の家を去る時に、

「日本の雑誌のために書いた草稿を、あなたに是非もらってほしい。それが私のささやかな感謝の気持ちです」と言った、アインシュタインの約束が守られたのであった。

明けて一九二三（大正十二）年三月、スイスの絵ハガキが届いた。日本からの帰路、アインシュタインはパレスチナからスペインを回って、ようやく自宅のあるベルリンへ向かったが、その汽車の中で偶然速の知人である日本人学者と出会った。おそらく日本の話で盛り上がったと思われる二人の寄せ書きが葉書に書かれている。アインシュタインがいつもよりもっと細かい字でぎっしりと、葉書の三分の二のスペースに日本滞在のお礼を綴って**《あなたのご治療以来、お陰さまでとても元気です》**と締めくくっている。

これらに対して、速から返事を書いたのは、十月十五日である。アインシュタインからの手紙のコピーは、こちらに残っているものの、速がどのような返事を、いつ書いたのか、またどのくらいドイツ語ができたのか、これまでまったくわからなかった。

ところが、現在イスラエルのヘブライ大学資料室に保管されているアインシュタインの遺品の中に、たくさんの日本人からの書簡の一つとして、速が書いた返事も残っていたのである。毎年一度の日本各地で催される「アインシュタインＬＯＶＥ」という展覧会のため、アインシュタインに授与されたノーベル賞のメダルや証書のレプリカと共に、「日本人との交友」と題したコーナーで、速の手紙のコピー二通が展覧会のガラスケースの中に展示されていた。特別にヘブライ大学の好意で貸し出されているという。

**《尊敬するアインシュタイン教授ならびに教授夫人…ながらくご無沙汰しまして申し訳ありません。北野丸船上でお目にかかって以来、なんと一年が過ぎました》**

速の手紙は、あいさつ文に始まり、送ってもらったいろいろな便りや書類に対するお礼がこまごまと書かれたあと、近況の一つとして関東大震災の報告もしている。

**《この間、東京、横浜とその周辺に甚大な被害をもたらした災害があり、苦慮しております。この地震によって、九月初めに東京の中心部の大半ががれきの山となり破壊されました。東京で六万余の人々と、三十七万戸以上が犠牲になりました。（中略）甚だ僭越ですが、長女の写真をお目に掛けたいと思いお送りします》**と、その秋に結婚式を終えたばかりの、花嫁姿の長女の写真を同封した。十人並みの器量だが、外人には白無垢《しろむく》姿も珍しいだろうと遠慮がちに送っている。

翌年の六月にはアインシュタインから、返事がきた。海を渡る船便での手紙のやり取りは、ファックスや電子メールの現代には考えられないほどの時間を要する。

いつものように夫妻はそれぞれに手紙を速に書いた。まずエルザが、娘の結婚に祝いを述べて、ヨーロッパとちがう世界に驚いて、花嫁を「かわいい」と書いてくれた。

夫のアインシュタインも、送ってもらった写真がとてもうれしかったと書いた後、**《あなたの美しいお国の繊細な人々が、わたしたちに残してくれたすべての思い出、そしてあなたへの感謝は、いまなお一番美しく心温まるものです》**とつなげる。

あの時、速が自分の子供たちを集めて紹介したのを、とても喜んでいる。ただ**《あなたの三人の男児と二人の女児》**とあるのは、書生をひとり勘定に入れてのことと、速は手紙の中に読み取り「まあいい、同じようなものだ」と微笑んで、あえて訂正はしなかった。
この文章の後に、
**《男の子たちが、あなたが仕事で作りあげられたライフワークを、さらに受け継いでいくだろうと、期待します》**とある。父親からこの一行を翻訳して読み上げてもらった瞬間、それは長男の博の肩に、アインシュタインからの預言として、ずしりと重く載った。
一九二四（大正十三）年の九月、アインシュタインが、どういう経緯で日本で脳脊髄膜炎が流行しているという情報を得たのかはわからないが、大変に心配した手紙と、医学論文を一通を送ってきた。
**《私の親しくしている当地のM医師が、この病気の治療に優れた実績を上げているので、もしかしてこの情報がお役に立ち、喜ばれると思い送ります》**
これに対して、速は返事を書いた。その速の出した手紙の原本も、ヘブライ大学の保管文書の中に残っている。
**《尊敬措くあたわざるアインシュタイン教授殿…あなたがこのように日本を思って下さることと、われわれの国民の苦難を救い出すために、M博士の貴重な論文をお送り頂き心より御礼申し上げます》**と、非常に気を使った書き出しで、丁寧に感謝をつづっている。

だが次の一行に、びっくりさせられた。

**《しかしこの論文の治療内容については、私どもはずっと以前よりよく知っておりました》**

天下のノーベル賞受賞者が親切に送ってくれた論文を、礼は述べたとはいえ、このように切り捨ててもいいものであろうか。

明けて一九二五（大正十四）年、この返事がかなり早い速度で、アインシュタインから届いた。新年の速と家族の多幸を祈る書き出しで、次のような手紙であった。

**《親愛なる三宅教授殿…あなたの分野の医学において、私はまったくの素人でありました》**

自分の学術分野はしっかり守り、他の分野は侵さないという学問の世界の不文律が、ここに明確に見えてくる。お互いの信頼があってこそ成り立つ発言であり、尊敬し合って初めて本当のことを言い合えるのかと思われる。この先の二人の交流がより濃くなっていったことを見ても明らかであろう。

便せんの一方に書かれたエルザの字がますます大きく少し乱暴になっているのは、極度の近眼である彼女の視力が徐々に落ちてきているせいかも知れない。だが、アインシュタインが書いたものより、彼女の夫に関する情報は、文章に飾り気がない分、内容はより豊富で手に取るように分かる。

《主人は健康に恵まれ上々の状態で、すぐれた仕事をしています。彼はまた最高のアイディアを考えついたのですよ。…今、旅行計画をいっぱい抱えてます。五月にはアルゼンチンへ行き、ブエノスアイレスで講演するそうです。そして彼は国際連盟の会員ですから、短期間でパリへ行っています。研究活動以外に、人間的なものに大きな関心を持っているのです。どんな視点から見ても、彼は充実してると言えるでしょうね。エルザ》

その後の二人がどのようなやり取りをしたのか、残された手紙がないので分からない。戦火によって失われたとのことである。ただアインシュタインと速の関係がその後も続いていたという手がかりは、速の日記から読み取ることができる。あの船上での出会いの後、速は一九二六（大正十五・昭和元）年の第七回万国外科学会ローマ大会に、日本代表として出席することになった。ドイツ、オーストリア、ハンガリー三国の外科学会が、万国外科学会へようやく復帰できるようになり、総会で正式に復帰が決議される。三国の復帰運動に奔走した速にとって、それを見届けることは、万感の思いであったろう。アインシュタイン夫妻が、渡欧の機会があれば「ぜひベルリンの家においで下さい」とたびたび手紙に書いてくれていたので、速はローマからの帰路、訪問することに決めた。

その間の連絡をした手紙が当然あると思われるのだが、すべてが空襲で灰になり、今はたった一つの記念品とカードしか残っていない。それは高さ二十センチほどの可愛い銀のボンボン入れで、エルザが「奥様に渡して下さい」と、おみやげにくれたものである。速は帰国後、これが入る木箱を特注して納め、箱の蓋《ふた》に「アインシュタイン博士の銀器」と慎重に書いた。カードは、おそらく速のベルリン滞在中に、ホテルに届けられたものではないかと推測される。

**《先生、今日パリのポアンカレ様からお知らせが届きまして、至急に主人の来るのを待っているとのこと、火曜日に旅発つことになってしまいました。ですから、突然ですが明日の月曜日、四時にお茶においで下されば大変にうれしいのですが。エルザ》**

このポアンカレであるが、レイモン・ポアンカレであれば政治的に強い指導力を発揮したフランス首相で、一方ジュール＝アンリ・ポアンカレであるならば、レイモンの従弟にあたり世界的な数学者そして天文学者である。

アインシュタインが、この二人のどちらかから呼び出されたとしても納得はいく。だが、この頃アインシュタインが平和ということを真剣に考え、その運動に積極的に参加していく過程をみると、レイモン首相との平和に関する会議であったのではないかと読み取れる。

エルザ夫人の指定した日時に、速はベルリンのハーバーランド通り五番地のアインシュタインの自宅を訪問した。通りに面した建物の五階にある玄関に入った速の目に、大きなドイツ皇帝フリードリッヒ大帝の額が飛び込んだ。客間は、質素でいかにも学者の家という点で、住まいの趣味にも大きな共感を得た。

午後のお茶を楽しみながら、二人の学者とその妻は、あの北野丸の話や日本での話に花を咲かせたことだろう。

だが世界は徐々にきな臭く、学問をする人々にとっては生きづらい方向へと向かっていた。その後の二人の交流に関して、切なさを絞り出すような一行が、速の日記にある。

**《「ア」氏夫妻と余との交誼《こうぎ》は、長年変わらず継続せしも、氏一家のヒットラ統治下に於いて、米国に亡命後は音信を絶つ》**

# 第三章　濁流

# 五十歳の誕生祝

ドイツのポツダム郊外、ひたひたと水がうち寄せる湖の岸辺に、十九世紀に建てられたという古びて小さなカプート城がある。この一階にはアインシュタイン記念室ができていて、ささやかな展示物を見せている。アインシュタインの住居からこの城への道一キロの往復が、物理学者が好んだ散歩道であった。

展示物のたった一つの目玉は、なんと言ってもアインシュタインの肉声が聞けることだ。一ユーロ硬貨を投入すると、ヘッドホーンからアインシュタインが物理学を講義する一節が流れ出る。

興味津々で耳を傾けていた女学生が、

「なあーんだ、アインシュタインも普通のオジサンじゃない」と、ヘッドホンを外しながら叫んで、数少ない見学者の笑いを誘った。

城を背にして丘の上を仰ぎみると、中腹にレンガ色をした木造のサイディングに白いペンキで窓枠を塗った家が、茂った木々の間から小さく見える。これが、アインシュタインが家族と共に、ドイツ最後の三年間を楽しんだ「アインシュタインの夏の家」と呼ばれる家だ。

ゆるやかな坂を登って行くと、この家がひっそりと林の中に佇む。燦々《さんさん》と降り注ぐ夏の陽を浴びている時も、深々《しんしん》と小雪が舞う寒さの中にも、主をなくして寂しそうに建っている。「ここにアインシュタインが住んだ」と書かれた小さい木の札が、立てられていた。東西ドイツ統一以前には古びてみすぼらしかったが、その後この家の修復が何年もかかって進むとだんだん元通りのしっかりしたものになってきた。現在では「時間を限ってこの家の説明をしますので、ご希望の方は下記にご連絡を」と書いた案内や、横には「喫茶アインシュタイン」の広告の札までが並んで出ている。

この家に関して一番詳しいのは、設計を担当したコンラッド・ワクスマンにミヒャエル・グリュニングが膨大な時間を費やして聞き書きしたドキュメンタリーである。たくさんの写真も収録して、一九九〇（平成二）年に国立ベルリン出版から発行された。出版の前年の十一月九日には、ベルリンを真二つに分けていた壁が、民衆の手で壊され東西を自由に行き来ができるようになった。

その東西を遮《さえぎ》る象徴がなくなろうとした日、ベルリンは真冬の寒さであった。テレビで壁が崩壊したと報道されると、多くの西側の市民は大急ぎでコートと手袋、帽子とブーツを着けて、壁に向かって駆けつけた。手に手にシャンパンやビールを握りしめ、若者は壁に上って、かつて美しかった街を冷たく分断していた壁に、力いっぱいハンマーを打ちつけて壊した。

それまで社会主義国家の東側から資本主義国家の西側に人々が出て行くのを、東のドイツ民主主義共和国政府は堅く禁じていた。二つに分けられていたベルリンの壁の下に掘られた地下道でも、他の東西ドイツ国境にある鉄条網でも、戦争で引き離された家族に会うために、あるいはもっと自由な生活を求め、境界線を越えようとして東側の監視に発見され、機関銃や銃で狙撃されて亡くなった東側の犠牲者は数知れない。

この日、東西を隔てていた壁が落ち、二つのドイツが統一国家になったのをきっかけに、東欧諸国やソ連などの社会主義国家がなだれを打つように崩壊していった。

ベルリンの破られた壁の間から、おずおずと入ってくる東側の人々に「ようこそ、西へ」「壁の破壊に乾杯」などと声をかけ、歓喜の声はベルリンの市内にひろがった。

第二次大戦によって分断されて以来、ドイツの国家統一は実に四十一年ぶりである。同じ民族が再び一つの国家になる喜びのさなかに、この本『アルベルト・アインシュタインのための家』が発行された。この本で、アインシュタインの家建設の経緯を読むと、当時の時代が見える。

三宅速がベルリンのアインシュタインを訪問してから二年後のことであった。一九二八（昭和三）年ベルリン市議会は次のような決議を下した。

「我々は、世紀の偉大な学者であり、ベルリン市民のアインシュタイン教授閣下に五十歳の誕生を祝い家を贈呈する。但し、上ものの家屋はご自分でお建て頂く」

アインシュタインのベルリン市ハーバーランド通りにある自宅は、今日では写真でしか見られない。商店に挟まれた古そうな五階建て共同住宅の最上階であるが、世界の名士たちが訪ねてくる家にしてはお粗末である。市から贈り物の知らせをうけたアインシュタイン夫妻は素直に喜び、早速設計図を思い描く。

新聞にこのプレゼントの一件が発表されたあくる日、アインシュタイン家に、一人の二十代後半の青年が訪ねてきた。玄関で遠慮がちなノックが聞こえ、お手伝いの娘が扉を少し開く。

この家には最近、著名なチャップリンのような俳優や未知の人まで、ひと目話題の大物理学者と会いたいと訪ねて来るようになり、アインシュタインはこの現象にいささか辟易《へきえき》としていて「本当なら自分の仕事に関係ない人は、できるなら断りたい」と思っていた。

奥の方から人影が近づき、こちらに向かって声がする。

「なんの御用かしら」眼鏡を片手に持った、夫人エルザがつっけんどんに訊《き》いた。

「私はコンラッド・ワクスマンと申します。設計の仕事をしています。昨日の新聞で、アインシュタイン先生が市からの贈り物で、ご自分の家を建てられるという記事を見ました。先生は木造の家を建てたいとおっしゃったとのことですが、私は木造建築を専門としているのです。ぜひ、ぜひ、私に先生の家を建てさせて下さい」

若者は背をまっすぐに伸ばして、精いっぱい自分の気持ちを伝えた。

「ともかく、お入りなさい。今、主人は家にいないけれど」と、エルザはワクスマンを客間に通してくれた。客間には美しいグランド・ピアノが置かれている。職業的な好奇心で室内を見渡すと、家具は庶民的なモダンなもので整えられていて、壁に掛かった幾つかの小さな額縁の真ん中にある、大きなフリードリッヒ大帝の絵が違和感をかもし出していた。

「実は私たち、市が下さったという物件をまだ見てないのよ。ところであなた、ここまでどうやっていらっしゃったの」

「設計事務所の車で来ました。下のハーバーランド通りに運転手を待たせています」

エルザは、上から下まで彼をチェックするように眺めると、つと窓に歩み寄って下を眺め、車と運転手を確認した。

「ねえ、ベルリン郊外のその物件を、私と一緒に見に行って下さらない」

突然の申し出に驚いたワクスマンが立ちすくんでいると、すぐに帽子とコートを手にしたエルザが奥から客間に戻って目の前に立っていた。

車に乗り込むと、ワクスマンは自分のこれまでやってきた設計の勉強や仕事について話し自己紹介をした。特に力を入れたのは、現在勤めている著名な建築事務所から、できるなら独立して、大好きな木造住宅の仕事に専念したい。だから、もしもアインシュタイン先生の家を建てさせてもらえるなら、自分にとって最高の大きな仕事になるだろうと言った。

今度はエルザが口をひらいて、ぼそぼそと話し始める。

自分が二人の連れ子と共にアインシュタインと再婚したこと、夫とはお互いに従姉弟同士でよく知っていたこと、夫も前の妻との間に二人の子供がいること等、あっけらかんと話すので、ワクスマンは、初対面の相手にこんなことを喋《しゃべ》ってもいいのだろうかと少し心配になった。

アインシュタインのある伝記には、妻のエルザはこの偉大な学者である夫を理解しない悪妻のように書かれている。だがワクスマンは、この先長いつき合いをした結果、彼女は夫をもっともよく理解する、あけっぴろげだが知的で暖かい女性だと思った。

湖のそばのその土地に立つと、あたりに広がる美しい景色にエルザは喜んだ。しかしワクスマンは首を傾げる。

「ここは夏になると、隣のボート小屋からモーターボートが出る音がするし、人々がやって来て賑《にぎ》やかで、相当にうるさいと思いますよ」

アインシュタインが余暇のボート遊びをとても好んでいることは、新聞報道で知っていた。遊ぶには便利だろうが、学者が静かに勉強する雰囲気ではあるまいと考える。
四、五十分ほどをそこで過ごし、湖畔のコーヒーハウスに入った。エルザの向かいに座ったワクスマンは、大学者の妻が、見も知らぬ男性と二人でこんなふうに過ごしてよいものかと気になる。
エルザが自分たちが建てようと思う家について、日頃、夫妻で話あっていることを話し始めた。

「主人はね、木造の黒っぽい赤色のかわら葺《ぶ》きで、大きなフランス窓を開けてベランダに出られるような家が欲しいと言っているの。彼は明け放ったベランダで陽を浴びながら自然を楽しみ自由を満喫したいそうよ。リビングの部屋は大きくて、広くてね、そこには暖炉がほしいとも言ってるわ。そしてね、大切なのは普段の生活する場所と、彼の書斎が離れて独立していなければならないことなの。私の希望はね、寝室がね、彼とは別がいいなと思うの。実はね…」エルザがくすりと笑う。

「実はね、主人って、信じられないくらいすごい大鼾《いびき》をかくのよ。彼の傍ではうるさくて誰も寝られないと思うわよ」

ワクスマンは、一言も漏《も》らさないようにメモをする。

再び車に乗って市内のハーバーランド通りの自宅に戻り、二人乗るといっぱいになる小さなエレベーターで、エルザを最上階にある自宅のドア前まで送った。

帰り際に、しばらく考えてエルザが口を開く。

「明日の夕方、お食事に来て下さらないこと。夫もいるから」

飛び上がりそうに喜んだワクスマンは、エレベーターを待つのももどかしく階段を駆け降りる。車に戻ると「君のおかげだ」と言いながら、懐の財布から引っ張り出した紙幣をそのまま運転手にチップとして渡した。

## アインシュタインの「夏の家」

その日ワクスマンは夜通し翌日の昼までかかって仕事をし、一睡もしなかったが、自信にあふれて、夕刻を待ってアインシュタイン家のドアをノックした。

客間に通され、エルザの連れ子である娘のマーゴットと秘書のデューカスに紹介された。二人の女性は後にアメリカへ一緒に亡命し、最後までアインシュタインの面倒をみた人たちである。

アインシュタインが現れた。じっとこちらを見る青い目が美しく、見つめられた瞬間ワクスマンはとりこになった。微笑むと少し哀しげだが優しさに満ち、緊張で固まっていたワクスマンの気持ちがやんわりとほぐされる。

この日のメニューはアーティチョーク（朝鮮アザミ）のサラダ料理で、マーゴットが「今日は、ベンのサラダよ」と告げた。

イタリア語でベンヴェヌート「ようこそ」という意味で、この家では略して「ベン」といい、お客様料理をさす。

ある日アインシュタインの小さな孫が、この「ようこそ料理」のアーティチョーク・サラダを出されて、「僕はウサギちゃんじゃないぞ」と言ったそうだ。この孫の話をアインシュタインが大変気に入っていて、この日も楽しそうにワクスマンに話して聞かせた。

食卓ではアインシュタインの上手くないジョークに、皆は笑い合い、和やかに会話を交わした。手作りの食事で気が楽になり、自己紹介のように自分の家族のことや、学校では数学がとても苦手だったとワクスマンが正直に話す。じっと聞いていたアインシュタインが「それはきっと君の教師が、君が考えようとしている最中に、早く答えろとおどかしたんだな。それで君は、いつもやる気を失ったんだろう。可哀そうに」と言った。それから今度は、自分の専門分野について、ワクスマンが理解しやすいようにやさしく話してくれる。

食事が終わると、いきなりアインシュタインが切り出した。

「家内は気に入ってるみたいだが、君はあの物件をどう思う」

応えてワクスマンは率直にいう。

「あまりいいとは思えません」

うなずきながらアインシュタインは、このたびは市が家を贈ってくれるとはいうが、この件について、非常にイライラする経緯があるのだと、打ち明けた。

ワクスマンは時機到来と思うと、心臓がドキドキ音を立て始めた。大切に持ってきた大きな設計図を、次々にテーブルの皆の前に広げる。

「あなたが、これ、一日で仕上げたの」

秘書のデューカスが驚いて聞く。即座にエルザが否定した。

「そんなはずないわよ。こんな精密でたくさんの設計図を、この人ずっと前から準備して家に乗り込んできたのだと思うわ。私この人を信用して、なんだかイヤだわ」

冷たい空気が部屋中に流れる。ワクスマンはいきなり断崖から突き落とされたように、何度も「いいえ、いいえ、ちがいます。信じてください」と首をうなだれ、頭から血の気が引いていくのがわかった。

娘のマーゴットが、ぼそりと呟く。

「もしそうだとしても、ママ、別に悪いことではないんじゃない」

主人のアインシュタインは、身内それぞれの顔をじっと見比べて、次にワクスマンに促すような視線を送る。

ワクスマンは少し震える声で懸命に、早口で昨夜からの出来事を説明した。

「私は、昨日、お宅から家に帰って、奥さまから伺った話をもとにして、一晩かかってこの図面を引きました。本当に昨夜はまったく寝てないのです、一睡も。今日のお昼までに一生懸命に仕上げて、ようやくでき上がったので、これを持って伺いました。本当にそうやって持って来たのです」

もう追い出されるに違いないと、ワクスマンは覚悟を決めた。

長い沈黙が、突然びっくりするような笑い声で破られた。そのアインシュタインの笑い声に巻き込まれ、マーゴットが笑い、デューカスが笑い、やがてエルザも笑って、その部屋に笑いの渦が巻き起こる。

「君の設計図とプラン、すべて気に入った」

この一言で、大恐慌は去り、不安で震えていた若者は一瞬のうちに、世界一の幸せ者になった。

ベルリン市はアインシュタインへの五十歳の誕生日プレゼントを決定したものの、市議会は、アインシュタインの出身を問題として、ユダヤの血をひく人間にそんなものは渡せないと言いだす議員の発言もあり紛糾した。新聞もラジオも、その後、贈り物に関する報道をぱったりやめた。

一九一九（大正八）年に、ミュンヘンで結成されたナチス党（国家社会主義ドイツ労働者党）は、二年後にはアドルフ・ヒトラーが党首になって勢力を拡大した。ナチスの軍靴の足音は、ミュンヘンから北上し全ドイツへと響きはじめ、ヒトラーが唱えるアーリア民族を中心にした民族社会主義政策に賛同する人々が増えていった。ラジオからは、連日その挑発的なかん高い声の演説が聞こえ、過激な民族主義に煽《あお》られて、ドイツは破綻への道を歩き始める。

ベルリン市からのアインシュタインへの贈り物とされる物件は二転三転し、ある日のベルリンの新聞に「市からは一戸建てが贈られる」と報じたり、段々とケチ臭くなっていく。

アインシュタインは、そのようにもめる贈り物をもらう必要はないと、自分で土地を購入することにした。ワクスマンと妻エルザに、もう一つの物件を見に行かせ、最終的にポツダム近郊の村カプートに家を建てることを決めた。

通常ドイツなど欧米では、夫は自分の稼ぎは自分で管理する。日本のように妻が家庭経済を預かることはめったにない。しかしアインシュタイン家においては、どうやらエルザが全権を委任されていたようだ。建築が始まってからも、なにか問題が生じると「エルザにきいてくれ」とたびたび言われた。

エルザとワクスマンが良いと言った土地を、アインシュタインは一目見て購入を決めた。カプートの村役場で、土地の購入や建築の手続きのすべてを行ったのもアインシュタイン本人ではなく、エルザだったことが文書に残っている。土地を購入し、家を建てる時に、エルザはワクスマンに貯金通帳を見せて「家にはこれだけしかないから、これ以内で建ててね」と言った。

カプートの新地に一九二九（昭和四）年五月、いよいよ望み通りの家を建て始めると、忙しい施主はたびたび足を運んでその過程を楽しんだ。そして最終的に全部完成したのはその年の十一月である。ベルリン市内より気温の低い土地に建った家では、大きな暖炉が赤々と燃え、一家は暖かく楽しく新年を迎えた。

それから三年とちょっとの間、アインシュタインは森の緑に包まれたこの家に住んだ。夏は湖でヨットを楽しみ、冬は積もった白雪を身震いして落とす大きな常緑のモミの木を暖炉のある居間から眺め、時には孫の訪問を喜び、時には高名な学者や友人との時間を大切に過ごし、そして湖の蒼色で目を休めながら仕事をする。それはアインシュタインの望む、もっとも充実した暮らしであった。

娘マーゴットはその頃を思い出し、グリュニングが書いた本『アインシュタインのための家』の序文に書き残している。

《**私たち一家は、みんなこの家を愛していました。なんと言っても、とりわけ父が…。そこにいた時の私たちは、いちばん幸せでした**》と。


カプートでアインシュタイン一家が穏やかな日々を送っていたその頃、一九三二（昭和七）年七月の国会議員選挙で、ナチス党は念願の第一党となり、翌年ヒトラー内閣が成立した。ヒトラー率いるナチスが主張するドイツ民族運動により、ひそやかに、しかしすぐそばまで、ユダヤ人に対する迫害の刃は迫っていた。この年の晩秋、アインシュタインが、アメリカ旅行からヨーロッパに帰ると、ドイツではユダヤの血をひく人やロマ・シンティ（ジプシー）等ドイツ人と異なる民族の人々を捕らえ隔離しているという話を聞いた。さらに平和運動に熱心なアインシュタイン自身の命が狙われているという。かねてから親交のあったベルギーのエリザベート女王の庇護のもと、しばらく身をかくしていたが、ヨーロッパにいることに息づまるような身の危険を感じるようになり、急遽《きゅうきょ》呼び寄せた家族と共に、建てたばかりのカプートの家をそのままにして、ベルギーから、イギリス、そして最終的にアメリカへと逃れた。

この家の設計者がドイツで最後にアインシュタインと会ったのは、一九三二（昭和七）年九月、金色に彩られた葉がエビ茶色の屋根に落ち映える夕方であった。それはヒトラーが政権を握る四ヶ月前のことだった。

カプートとは、綴りは異なるが、耳で聞くと同音のドイツ語に「破壊」という意味の言葉がある。まさに、偉大な学者の平和な暮らしがカプートされたのであった。一家が家具も生活用品もそのまま残して亡命していったあとは、悪名高いヒトラー・ユーゲントの寄宿舎となり、アインシュタインゆかりのものはなにもかも破壊された。

## 二人の息子

アインシュタインが三宅速の家で弾いた光栄なピアノは、その後、毎日のように音を立てていた。ノーベル賞を受賞したばかりの物理学者によって初めてこのフリューゲルが歌わされた曲の名は誰も知らなかった。だが、このところいつも聞こえてくるのは、「天然の美（美しき天然）」と名づけられた唱歌だ。

「この曲は、サーカスのジンタでしょ。まるで家でサーカスをしてるみたいで恥ずかしいからやめてちょうだい」と、三保が言った。神社の祭りで境内にかかるサーカス団のテントから聞こえてくる、このうら哀しいメロディーを弾いているのは、もっぱら次男の秀勝で、フリューゲルを家族のなかで最初に触ってみて、耳で覚えた曲を器用に弾く。

速は「男の子の遊びに買ってきたのではない。早くレッスンをしてちゃんとした音楽を弾けるようになりなさい」と、二人の娘に言った。

椅子を引き寄せ紫の袴《はかま》をひるがえしてフリューゲルの前に座り、厳《おごそ》かに蓋《ふた》を開け一息つくと一曲ご披露する。これがこの家にやってきたピアノ教師のレッスン開始のあいさつであった。その優雅な姿を末娘の富子は溜息をそっと吐きながら見つめていた。耳にする音は、あのモジャモジャ頭の偉い先生が弾いたのと同じようにやさしく艶《つや》やかで、いつかあんな音をこのフリューゲルで弾きたいと思う。

次男の秀勝は長男の博と異なり、すらりと背が高くて顔に憂《うれ》いを帯び、花を愛し読書が好きな線の細い子だった。か弱そうな体に病気がつけ込んだのか、間もなく結核を発病した。

一九二八（昭和三）年に青カビに細菌を殺す力があることが発見され、ペニシリンという抗生剤が開発されるまでは、結核をはじめとするいろいろな感染症は人の生命に関わる病気であった。ことに結核菌による感染は、世界中で死亡率がトップで、結核に効く抗生剤のストレプトマイシンやパスなどの治療薬が開発されたのは、それから二十年以上も後のことである。

一九二六（大正十五・昭和元）年のローマでの学会出席の帰途、ベルリンにまわり、アインシュタイン夫妻と束の間の再会を楽しんだ速が、日本に帰ってくると、山のような仕事が待っていた。自分の机に向かって、これまでを振り返ると、九州の地で外科という仕事を夢中でやって二十三年間もの時が過ぎていた。速も、はや六十歳を迎える。机の上の仕事を片づけながら速は、いろいろな出来事はあったが自分なりに業績は残したし、そろそろ後進に道を譲る時期がきた、と考え始めた。

どこの社会でも、辞めていった前任者にあれこれと口を出されるのは非常にやりにくい。しかし同じ地にいると、いやでも自分のいた所の情報が良きにつけ悪しきにつけ入ってくる。まして自ら創った組織がぐらぐらと揺れたりすると思わず口を出したくなるものである。速は自分が引退したら、この地を離れよう、そうすれば見なくてもよいもの、聞かなくてもよいものに触れずにすむと、固く決心をした。

まだ外科の腕が鈍っているわけでなく、全国から速の評判を聞いて手術をしてもらおうと集まる患者は後を絶たない。第二の故郷の東京からも、新しい病院ができるから院長として来てくれないかと友人から強く誘われた。大好きな東京へ戻ろうかなあと心が動く。しかし次男の秀勝の健康状態や身体が丈夫でない妻三保のことを考えると、もっと静かな場所を選ぶべきであろうと自らを制した。

その結果、親戚の住む郷里の徳島に近くて、空気も良い場所をと、ひそかに京阪神が良いのではないかと考える。

折しも一九二七（昭和二）年、長男の博が大学を卒業し、一人の新人外科医となって速が主宰する九州帝国大学医学部第一外科教室に入局した。アインシュタインからの手紙にあった「あなたの息子がやがて父親の路線を進むであろう」というご託宣《たくせん》に従ったわけではないだろうが、子供の頃は飛び抜けたいたずら小僧で近所で悪戯《いたずら》をして回り、母親の三保を散々困らせてきた博が、ようやく自分と同じ医学の道を目指すことになって速は安心と満足であった。これで医道という目には見えない財産の継承ができるとほっとする。

二月にはその博に縁談がきて、すぐに見合いをさせ有無を言わさず四月には結婚させることにした。本人同士の相性などは二の次にして、速にとってみれば留学時代にベルリンで出会い大阪医学校に共に勤務した同僚で旧友の佐多愛彦《さたあいひこ》の娘ということは願ってもない良縁と、安心して話を進めた。

ある日、博は突然呼ばれて両親の前に座った。父の速が、二つに折った厚紙を博の前に広げ「お前はこの令嬢と明日見合いをする」と言う。厚紙の中には着物姿の女性の写真があり、博が手を伸ばして取ろうとするより一瞬早く、速が自分の手元に戻して再び二つに折った。「もうちょっとよく見せてくれ」というようなことは親に向かって言えない時代で、すべては明日の見合いに賭《か》けるしかないと博は思う。

かつて速は婚礼の日に初めて花嫁衣装の三保の顔を見た。だが息子の博は、佐多和子という娘と初めて会ったのが見合いの席、二度目にお互いの顔を見ることができたのは結婚の日であった。速の時代よりほんの少し近代化されていたらしく、若い二人は見合いの席で趣味のテニスや音楽の話なども交わし、時々は微笑みも見せ合うことができた。だがこの席でもっとも盛り上がっていたのは、父親の佐多と速であった。二人が共有したベルリンや大阪の懐かしい思い出に花を咲かせ、腹の底から湧き出るような笑いを爆発させながらお互いの縁を喜んだ。

当の博は、両親に連れられてはるばると大阪から博多までやってきた見合い相手の和子のことを、その日の日記に《**彼女はなかなか美なりき**》と記した。

## 縁あって

佐多愛彦と三宅速とは仕事が大学勤めの医師ということで似たようなものだが、双方はまったく異質である。速が代々の医家に生まれた長男として幼少の頃から医学教育の道をひたすら歩いて今日に至ったのとは異なり、佐多は薩摩の貧乏士族の末子で、薩長戦争の後に父が死ぬと一家は困窮した。十歳のころ佐多は近所の立派な医師の家をみて、金持ちになって家族を幸せにするために医師になろうと決意した。その医師に母親が頼み、住み込みの見習いになり、そこから鹿児島の医学校に通って、筆頭の成績で卒業した。やがて医学に興味を深めた佐多は、もっと医学を究めるには東京に行かなければならないと思い、母と兄たちを説得した。その結果、一家は末子の才にかけることにして、鹿児島の家屋敷を処分し新生東京へ向かった。

しかし上京しても最高学府への入学は、地方の医学校出身の佐多には手が届かなかった。

東京帝国大学で医学を学ぶには、一つには速のように年少の頃から徹底した語学教育を受けたドイツ語の力、もう一つには学費を捻出できるだけの豊かな財を必要とした。佐多には地方では学べなかったドイツ語は力不足、また教育のための資金も足りない。

失意のうち、佐多は浪人生活を一年ほど送っていたが、ようやく東京帝国大学で一科目だけ聴講できる撰科生として医学を学ぶことが許された。学生数の少ない病理学を選んだ佐多は、無我夢中でドイツ語を中心とした勉強を徹底的にして頭角を現した。この時、担当教授の三浦守治に認められたことは後の佐多の出世に大きな力となった。大学を正規に卒業したわけではなく撰科で学んだだけの学歴で医学者として名を為すには、佐多の並々ならない努力があってのことで、それによって周りの人を動かし、自分の手で次々と地位を築いていった。一八九五（明治二十四）年に二十三歳で医師開業後期試験を受け医師の資格を得ると、教授の推薦で富山の病院勤務を経て、翌年には大阪医学校の病理学教諭となっている。

学校からの公費留学生として佐多が念願のドイツへ留学したのは、速と同時期で、二人はベルリンで日本からの医学留学生二十数名と共に集合写真に収まっている。そのほとんどが国家や勤務先からの公費で留学したので、私費で留学したのは速やほんのわずかな日本人だけであった。佐多は帰国すると、この時知りあった医学者たちを、次々に大阪医学校へさそった。優秀な人財をたくさん揃えて大阪医学校を大学にするという構想を既にベルリン留学時代から胸に描き、三十一歳で校長となると次々と実行していった。そのなかの一人が速であった。

佐多の性格は速とはまったく正反対の派手好み、かつ出世欲旺盛である。学問は地味な分野の病理学者ではあるが、実業家か政治家といってもおかしくないほどの手腕をふるい「商業都市大阪に大学など不要」と、大学建設に反対する大阪政財界のお偉方と渡り合って、一九一五（大正四）年大阪医学校を大阪大学医学部の前身の大阪医科大学にまで押し上げた。その後たびたび欧米へ視察に回り、これからの大学は単科大学ではなく総合大学（ユニヴァーシティー）でなくてはならないと確信を得て、大阪大学の基礎固めに力を注ぎ、初代の学長として君臨した。そして市中心部の中之島に五階建て二、七八五坪の大規模病院を建てると、突然に五十三歳で大学を辞した。

仕事ばかりか遊びの方でも発展家で、公私ともに忙しく家庭を省みることはなかった。東京から十六歳で嫁いできた妻は無邪気で、まるで人形のように家事万端を他人委せにして暮らした。明治時代ハイカラ文化が開花して、妻の父親は娘を鹿鳴館にも連れて行き英語や西欧のマナーをしっかり授けたが、一般女性がするべき家事一般を教えることを怠ったために、飯の炊き方も掃除の仕方も知らないまま生涯を終えた。一方では夫の佐多が数多く催す海外の人々との交流会で、妻は娘時代に教わった英語やマナーで臆せず賓客に接して、当時では珍しく夫婦同伴の渡欧もした。アインシュタイン来日の際、大阪での歓迎会も佐多が主催している。

二人には七人の子供がいるが、幼いころはバアヤ、大きくなると家庭教師と、教育は他人の手で育てた。子供たち一人ひとりは個性豊かで、真ん中の娘である和子がきょうだいの中で穏和なのは、この家族では異色と言える。このたびの縁談も九州という見知らぬ土地へ嫁ぐ不安はあったものの、親の言うことに素直に従った。

育ってきた家庭の雰囲気の違いから、博と和子は結婚後にお互いの家庭から相当大きなカルチュア・ショックを受けた。共通点は、父親がドイツ医学を学び衣食住でも当時の他の家庭よりも西欧化していたことだが、速の格式を重んじる家風は和子には肩苦しい。自分の生家では、両親は別室で食事をとり、兄弟は大きな食卓で席に着いた順にさっさと食べていたのに、博の家では家族全員が銘々の膳を前にしてそろって座り、静かに食事をとる習慣であった。また婚家先では、独特の礼儀作法の決まり事がこまごまとあり、和子はこれを極めるには前途多難と思った。だが姑の三保が優しく、和子が実家で教わることのなかった家事や、神棚や仏壇の祭り方、糠床《ぬかどこ》の混ぜ方に始まる料理一式や針仕事、そして細々とした楽しい手芸まで丁寧に教え、和子は義理の母というより教師として接した。時折、速からの所望でする姑の三味線と和子の琴の合奏や、和歌を一緒に詠む楽しさは、実家にない雰囲気であった。

一方博の方は、新婚旅行の帰りに和子の実家に寄って家族を紹介され、ただただ驚く。長男は理学者でスイス人の妻を持ち、美貌の次男は才気渙発で社長秘書として電鉄会社に勤めているが、田舎出の博はこの二人にはひときわ高い所から見下ろされているように感じた。医師の妻である長女は父親ゆずりの華やかな社交家で、三女はまだ女学生で無邪気な少女として人目も憚《はばか》らず博に甘える。三男と四男は超モダンなラッパズボンにデキシーランド・ジャズのステップを踏みながら登場して博の度肝を抜いた。すべての人物が個々に好きなことをやっている家族の中で、よく和子のような静かな娘が育ったものと博は感心する。

速が引退後は関西に家を持ちたいと話をしたところ、佐多は現在自分が関わって別荘地として開発している六甲の山麓の芦屋《あしや》というところに「オゾンが豊富なので、ぜひお住みなさい」と言う。そして早速、九州まで業者を差し向けた。その勧めによって、速は芦屋市山手に終《つい》の棲家《すみか》を求めることになった。その後「佐多に紹介してもらったが、この土地を進呈されたわけではない。私が気に入ったから買った」と、潔癖な速は繰り返した。

水面下で運ばれていた速の関西移住の計画が知れると、九州ではひと騒動が起きた。

「先生はわれわれを見捨てる気か」と、門下生が本気で怒りにきた。

だが、速の落ち着いた声は、誰もが納得せずにいられない力がこめられていた。

「そなたたちは、これから前に向かって伸びていく。私はこれから静かに勉強をしたい。まだまだ学ぶべきことがたくさんある。そして、これまでを振り返り、植物を愛《め》でて、生涯の終りを締めくくりたい。もうやるべきことはやってきたように思う。私がそなた達の傍にいて、口出しをしたのでは、そなたたちは、私の指図を待って、自分で物事を決めることもなくことを運ぶことになろう。それでは学問的にも大きな発展はできない。

言い残すことは、唯ひとつ『鬼手仏心《きしゅぶっしん》』。治療を行うに、鬼の手のように強く厳しく冷静にやりなさい。しかしそこには、仏の心のような温かさを常に持っておらねばならない」と、繰り返し言い聞かせた。

息子の博も、アインシュタインの預言によってかよらずか、速の仕事を継いで、身も固めた。一九二七（昭和二）年秋、速はいっさいの公職を辞して、思い残すことなく、いよいよ芦屋へ引き上げる日となった。

芦屋に家を建てるにあたって速が希望したことは、徳島の生家のように日本館と洋館を廊下でつなぐこと、窓から神戸港が見渡せること、そしてもう一つ、門からの外観に注文をつけた。それはドイツでの修行時代に、師ミクリッチが老後過ごすため建てた郊外の別荘に招かれたことがあり、その別荘の佇まいを模したものだった。

## 流浪のピアノ

末娘の富子を、これからは女性も英語ができないといけないからと、関西の小林聖心女子学院に入学させ学校の寮に入れた。富子は、週末ごとに戻ってきて芦屋の家の洋間に置かれたアインシュタインが弾いたピアノ、フリューゲルを「帰ってきたわよ。さあ歌いましょう」と、弾く。フリューゲルを購入した時にウイーンの店主に選んでもらった革表紙のピアノ曲集数冊の、今ではどの曲も弾けるほど上達していた。西欧の名曲はこの新しい家の洋館によく似合い、速は満足した。

白内障が起こって書物に目を通すのに疲れると、速は二階の窓から港を見てヨーロッパをしのんだ。洋間の壁に飾った、北野丸の船上で二人が並ぶ記念写真から、アインシュタインが「私も君に会いたい」とほほ笑んでいるように思える。

ちょうどその頃、アインシュタインもカプートに建てた新築の家で、郊外の景色を愛《め》で、ひと時の平和を楽しんでいた。

ある土曜日、富子が寄宿舎から戻って玄関を入ると、家の中は異様な雰囲気で静まり返っていた。

「秀勝様が、急変されました」と、手伝いが富子に声をひそめ早口で告げる。オゾンが豊富に含まれるという芦屋の空気を吸えば、秀勝の結核もきっと良くなると皆は信じていた。九州から芦屋へ引っ越すためには、列車に長く乗らなければならない。しかしそれでも芦屋の新鮮な空気が秀勝のためになると、速が決断したのである。

博多駅で速一家が福岡を後にする時、速が強く断ったにもかかわらず、百人を超す人々が見送りに来た。家から人力俥に秀勝を乗せて駅に到着した速は、いきなり後ろを向き秀勝を背負おうとした。門下の人々が驚いて駆け寄る。しかし速は手でそれを制し、ひとりわが子を背に歩き始めた。秀勝の長い脚が小さな速の腰からだらりと下がり、一歩一歩確かめながら歩を進める。長年手術室で、速の行う外科手術の器械を手渡してきた看護師の女性が、袂《たもと》を口に当てて泣きだした。「そなた」と、呼びかけられた門下の人々もまた、一斉に嗚咽《おえつ》を始める。

そうやって博多を出て、芦屋に引っ越してきたのだが、薄幸の息子は逝《い》った。庭に出て、着物の裾《すそ》をはしょり盆栽に水やりをする速の姿が、一気に年老いた。

学校を卒業した富子に知人から縁談がきて、結婚をした。北海道大学の学者の息子で高岡周夫《ちかお》といい、本人はまだ京都大学の大学院で勉強をしていたが、一家には研究者が多く速の家とあまり変わらない地味な雰囲気で富子はほっとする。新居も同じ関西の京都大学の近くで、速夫妻も安心であった。嫁入り道具として、フリューゲルを持って行きたいと富子が言った時、速は世にも不思議なものを見たような顔で言う。

「あれはお姉ちゃんに買ってきたものだから、お前は持っていけないよ」

今度は富子がびっくりする番であった。姉はフリューゲルが日本に来た翌年には嫁に行き、ピアノを弾いている姿を見たことがない。フリューゲルは自分のものだと信じて疑ったことがなかった。

結局、そのころソウルに一家で住んでいた姉に問い合わせると「あれは富子のものよ」との一言で、フリューゲルと共に嫁入りすることができた。

間もなく富子の夫が南満州鉄道に就職した。夫婦には長男が生まれ一家三人で大連《だいれん》に引っ越して行った。速夫妻は、富子の生まれて初めての海外生活を、さぞ心細いだろうと心配する。

そこでフリューゲルを大連に送ってやろうと話し合った。きっとこの音でどんなにか慰められるだろうと、二人は顔を見合わせ、ほっと微笑み合う。

日露戦争が終結したあと、満州の鉄道はロシアから利権を引きついだ日本によって整備された。南満州鉄道という会社名で初代総裁の後藤新平が辣腕《らつわん》をふるい、鉄道のほか鉱山開発など広範な事業を繰り広げた。狭い日本は広大な満州を手に入れると、一攫千金《いっかくせんきん》をもくろんで国や軍、一般人までいり乱れ利権を求めた。数多くの日本人たちが、広い大地に夢を託して満州開拓に、国内から海を渡っていった。

大連港を望む丘の上に瀟洒《しょうしゃ》な家を会社に貸し与えられ、富子はフリューゲルの到着を心待ちにしていた。ようやく運送会社から、荷揚げが終わり午後にはお宅に運ぶと連絡が入った。港からの道が見える庭先に何度も行って背伸びをしながら富子は、トラックを待つ。

陽が傾き始め影が長くなってきた頃、苛立《いらだ》ち始めた富子の目に小さな黒い点が見えてきた。その点はトラックのように速くなく、牛が歩いているようにゆっくりと坂道をこちらに近づいてくる。「あー、あれとは違う」と思った富子が、もう一度目を見開いてその物体を確認したとき、大声をあげた。

「まさか…」陽炎《かげろう》のようにユラユラとひたすらこちらに向かって上って来るのは、荷車に載《の》せられたフリューゲルではないか。たった一人の痩《や》せ細った苦力《クーリー》が、大連埠頭から一〇キロはある坂道を、小ぶりとはいえ重いグランド・ピアノを載せた車を、一人で引いて登って来る。

大切に布団で幾重にも包まれたフリューゲルの荷ほどきをしながら「よく来てくれたわねえ」と、撫でるように話しかけた。そして生涯このピアノを離さないと、心に誓った。

一九三一（昭和六）年九月、満州の奉天郊外で鉄道が爆破され、その硝煙のにおいはまたたく間に広がりをみせて、やがて満州事変へと、戦いの時代に突入していった。

## 長崎そして札幌

その頃、長男の博はドイツへ鹿島丸という船で旅発った。速の恩師であるミクリッチの長女の夫が、ドイツ北部のキールという街の大学にいて、速のはからいで留学を許された。

博の留守中、妻の和子とその長男の進は芦屋の速の家に住んだが、速夫妻のほのぼのとした愛に包まれて、心豊かに暮らした。和子は大阪の堂島という商業の街の真ん中に育ち、家の中は絶えず他人が出入りしてざわざわと落ち着かない家庭であった。両親と親しく語り合うことはほとんどなく、他人に育てられ教育を受けた。

芦屋の夫の家で、和子は速夫妻と共に植物を愛し、本を読み、楽器を奏で、歌を詠むという生活を体験した。和子の父は、医学者として研究室に閉じこもるより社会の表舞台に飛び出し大活躍をした。しかし、それが家族には寂しさと物足りなさをもたらして、裕福ではあったが、心に実りある豊かな暮らしはなかった。和子は生まれ育った家と速の作った家庭の違いに驚きながらも、これが本当の人間が生きる暮らしであろうと、日々新しい感動を覚えた。そして義理の両親を、素晴らしい教師のように敬愛する。

ドイツの博から便りがきた。

《ドイツの生活は大変に貧しく、食物は配給制で、コーヒーは大豆を炒《い》ったものを代用としています。苦いだけで大変にまずいです。バターは親指の先ほどの大きさを一人一個と決められ、私は日本人だからバターをそんなに使いませんが、こちらの人たちは、これには参っているようです。きっと米がなくなったら日本人が困るのと同じでしょう》

それは、ちょうどアインシュタインが身の危険を感じ始めた頃で、ドイツが戦争への坂道を転げ落ち始める時であった。

《キールは軍港なので、戦艦がたくさん見られます。先日ベルリンに行ってドイツ外科学会に参加しましたが、学術集会の演壇の横に、たくさん勲章をつけたヒトラー総督の等身大の額が飾ってあったのには驚きました。戦争が始まるのでしょうか》

同封されていた学術集会を撮った写真を見ながら、速は呟く。

「あー、世界はどうなっていくのだろう。私のドイツの友人たちはどうしていることか」

一九三八（昭和十三）年、博は帰国すると、長崎大学に赴任した。鎖国時代には唯一ここだけが外国、つまりオランダと中国との接点であった。初めて近代西欧医学が日本に入ってきた原点の街だけに、なにもかも他の町に比べ国際的な雰囲気と、一味違うモダンな人々の住むところである。街の周りを山が取り囲んで、目の前には世界につながる港が広がる。歌劇『マダム・バタフライ』の舞台とされる丘の上からすり鉢の底のような街を眺めると、眼下に巨大な造船所が見える、その一角がぐるりと目隠しされて、噂ではここで大きな軍艦を建造中で、囲いをして市民の目から隠しているといわれていた。

博の家の手伝いの娘は佐賀の唐津に近い漁村から来ており、両親を手伝って漁に出ていたせいか人一倍真っ黒で、くりっとした眼がよく動く男の子のような娘であった。年頃なのにしゃれっ気が皆無で、癖のある髪の毛を頭の天辺で一つに束ね、夏になると浴衣を膝が見えるほど短く着て兵児帯《へこおび》を結んでいる。

このところ、その娘が使いに出るたびに暗い背広姿の男が後をつけていることに気づく。次の日も、また次の日も確かに尾行されているようで、怖くなり家に駆けこんで訴えた。

「人さらいかしら…」と、和子も考え込む。長崎の街から若い娘を拉致して海の向こうの中国や南方に連れて行き、軍隊のための料亭などで働かせるのだと人の噂で聞いたことがあった。しかし、和子がこの娘をもう一度見直しても、気の毒だがこの娘に限って、なんのために連れて行こうとするのかと疑うほど色気がない。

翌日、玄関に誰かが訪ねてきた。「はーい」と大声で出て行った娘が、すっ飛んで戻ってきて「奥様、来ました。あの人です、私をいつも尾けてくる人が来てます」と、震えている。

和子が玄関に出て膝をつくと、男は内ポケットからちらりと特高の手帳を示した。その頃、特別高等警察つまり特高とよばれる秘密警察は、主として共産主義者を取り締まり、国家機密を守るために厳しい取り調べと冷徹な扱いをすると、国民の間では鬼のように怖れられた組織である。

「お宅に働いている女は、南方からきたスパイではないかと調査をしている」

なぜという顔で、和子が特高を見あげた。

「見るからに、あれは南の島の娘だ」

和子は思わず噴き出しそうになったが、男の上からの物言いに慌てて口をふさいだ。急いで奥の部屋から、この娘を世話した人が持ってきた、娘の戸籍抄本を見せ、正真正銘の日本人であることを保証すると言った。ようやく納得した特高は、謝罪の言葉の一言もなく、玄関の戸をぴしゃりと後手で閉めて帰って行った。

軍艦建設中のためか、一般市民をもピリピリと取り締まり、日本は臨戦モードに突入していく。この軍艦は、一九四〇（昭和十五）年に進水し、戦艦「武蔵」と名づけられた。

その頃、ヨーロッパでは、ヒトラー率いるナチス・ドイツが隣国まで勢力を伸ばし、一九三九（昭和十四）年になって、芦屋の速の耳に、ドイツがポーランドに侵攻し第二次世界大戦が始まったというニュースが届いた。

日本は、そのドイツ、イタリアと三国軍事同盟を結び、一九四一（昭和十六）年の十二月八日、英米両国に宣戦布告を叩きつけて、ついに戦争へと突入したのであった。

「バカなことをしたものだ。アメリカに戦争を仕掛けて勝てるわけがない。あの国の科学の力と財力を考えると、恐ろしいことになるのは目に見えている」と、欧米を自分の目で見てきた速が言うのを、家族は幾度も聞いた。

ラジオや新聞は、日本が大勝利を収めたと連日派手な報道をくり返し、国民は戦勝気分に浮かれた。だが、日々報道される内容とうらはらに、戦地の前線では日を追って悲惨な戦況に至っていた。翌一九四二（昭和十七）年六月に太平洋のミッドウェー海戦で敗れると、シンガポールが、ニューギニアが、ガダルカナルが陥落した。多くの兵隊と艦艇ばかりか戦争に徴用した欧州航路の客船や貨物船まで失って、敗北を重ねていった。アインシュタインと速を乗せた北野丸もまた、戦いのために南海の藻屑《もくず》となった。

動ける男性は兵役に駆りだされ、女性は銃後の守りという名目でパーマや化粧など一切のおしゃれを禁じられ、その日の食べ物を獲得するための行列に黙々と並ぶ。子供は「鬼畜米英」と訳もわからないままに叫び、住所、名前、血液型を書いた布を縫いつけた防空頭巾をかぶって学校へ行った。男は脚にゲートルを巻き軍服まがいの国民服を、そして女は老いも若きもモンペをはいた。

大学生たちもペンを置いて戦地に送られ、女学生や兵役に満たない中学高校の生徒たちは工場で作業をしなければならない。普段、土いじりもしたことのない都会の人々さえも、空き地を見つけてはせっせとカボチャやサツマイモを植え、自給自足の足しにしようとしたが、いずれも味などどうでもよく、全国民が「なんでもいいから口に入れ、なんとか腹の足しになればよい」と、思う生活である。こうなると土地を持ち、生産を行える農家は強く、学校でも家庭でも食事の前に「お百姓さんありがとう」と皆で唱えた。

速たちも生産の手段はなく、細々と粗末な食事をし、手伝いの女性を故郷へ返すと芦屋の家は閑散とした。広い日本間の座敷の縁側に老夫婦は並んで座り、束の間差し込む陽の光の温もりを浴びて、ぼんやり庭を眺める毎日であった。

そんな速たちにとって一筋の光がさした。大連に行っていた富子が帰国するという。帰るというより、それは逃げてくると表現した方が適切であったかもしれない。富子の夫の高岡に、軍属として国に奉仕するよう徴集がきたのは一九四四（昭和十九）年の春であった。満州はようやく雪解けで花が咲き始めていたが、日本人同士の話では一日も早く帰国した方がよさそうだと言われ出した。

船が日本に向け出航している間に帰れ、と夫が手筈《てはず》を整えてくれた。まだその頃は、フリューゲルも一緒に送り返せた。無事に芦屋の両親のもとに親子二人で帰りついた富子は胸を撫《な》で下ろしたが、しばらく見ない間に速と三保が十歳も二十歳も老けこんで、すっかり光を失っているのに唖然《あぜん》とした。

子供の声は家に一条の明るさをもたらす。孫に小さな如雨露《じょうろ》をもたせて一緒に庭の鉢ものに水をやり、スイトンと芋づるの入った汁の食事は貧しいけれど、笑い声が起こる。速夫妻はひとときの幸せをかみしめることができた。

「もうそろそろ北海道に帰りなさい」と速が言う。

「なぜ。彼はまだ南方の戦地にいるのよ。札幌の実家には戻ってないのに、どうして行かなきゃいけないの」

「嫁に行くっていうのは、そういうものだ。あちらのご両親に仕えなさい」

ここには手伝いもいなくなり、速もだんだん目が悪くなってきているし三保は腰が痛む。こんな状態の両親を放っておいて、札幌なんかに行けるはずないじゃないと、富子は腹が立つ。

「だったら、お兄さんが来いって言ってくれているのだから、岡山に行けばいいでしょ。弱っている親だけを置いて、私は心配で遠くへは行けないわ」

押し問答の結果、ついに富子親子は札幌の夫の実家へ行くことをしぶしぶ納得した。最後の夜、速が口を開く。

「心細いだろうから、札幌にフリューゲルを送って上げるよ」

こんな運輸事情の悪い戦争の最中に、ピアノを送るなんてのんびりしたことができるのだろうかと富子は驚く。だが、せめてもの父の厚意と思い、微笑みを返した。

夫の実家では、息子の嫁親子が帰ってきたのを「満州からよく帰って来られたな」とは言うものの、明らかに食べる口が二つ増えたのを苦々しく思っていることがわかった。広い屋敷に夫の両親と兄弟一家の三家族が住み、富子たちに与えられたのは、物置にしている離れの六畳一間であった。

兄嫁からは、はっきりと、食事は独立してまかなうようにと言われ、その日の食べ物にも困ったが、それぞれにぎりぎりで生活しているところから助けは一切なかった。

食物を手にするために、迷った挙句にお守りのように大切に持っていた、徳島の大叔母、速の育て親であるイトがくれた錦の袋に入った金貨をお金に換えて食糧を買い、しばらくの間しのげた。北海道の冬はしんしんと寒く、ありったけの着るものを身に着けてもまだ震えがとまらない。ストーブを貸してくれたものの燃料の石炭などあるはずもない。わずかに粉に砕けた石炭ガラが配給となり、母屋に積んである石炭ガラの粉になった部分をバケツで少しづつ分けてもらっては暖をとった。

そんな時、どんな伝手《つて》を頼ったのか、速が送ったフリューゲルが津軽海峡を越えてはるばると札幌に届いた。その大きな荷物は思った通り、夫の家族からはひんしゅくを買い、結局借りている六畳間に置くと、親子はその下で眠ることになった。

小さな息子を懐に抱いて横になると、真上に親鳥がヒナを守るように翼を広げてフリューゲルが在る。そしてこの先、戦争が終わった後に、ピアノを教えてほんの少しだが収入を得ることができたことは、父にそしてフリューゲルに、感謝しなければならなかった。

それからひと月が経った頃、速からの手紙が届いた。

「札幌に落ち着いたところで申し訳ないが、通いの手伝いもいなくなり、老人二人で困っている。できるなら戻って来てくれないか」

これには富子が再び腹を立てた。「こんな哀れな生活をして頑張っているのに、今さら帰って来いはないだろう。だからあの時、芦屋に残ると言ってあげたのに」

第一、交通事情がますます悪くなり列車の便数もダイヤも乱れて、それに伴いどの列車もあふれるほど人が乗っていて、子供連れで再び関西に戻るなど、とても不可能であった。

「お兄さんのところへ行けば…」と、突き放したように断りの返事を出したのだが、どうしてあの時戻ってあげられなかったのかと、富子が生きながらえて長寿を全うするその時まで、苦い後悔に胸を痛めた。

❖

## アウシュビッツへの道

カプートのお気に入りの家に一切合財をそのまま残して、アインシュタイン一家がアメリカに逃れ去った後のドイツでも、一般の人々は人間の尊厳ぎりぎりの生活を送っていた。

一九三三（昭和八）年一月に政権をとったヒトラーは、すぐさまカプートの世界的な学者が平和に暮らしていた家を急襲し、家宅捜査とは名ばかりの占領を行ったのである。幸いにも、抹殺しようとした物理学者本人と一家は既にいなかったが、その時に失われた数々の宝物、つまり金銭では求められない知的な品々が、教養ない人々によって消滅したことは想像に難くない。

反ユダヤ主義を標榜《ひょうぼう》するヒトラーにとって、アインシュタインは格好の攻撃目標であった。平和ということに深い関心を示す学者自身が目障りな五月の蝿であり、虫を捕まえるクモの糸のように追い詰め絡《か》らめ捕って、屈辱と苦痛の果てに消去しようとしていたにちがいない。

アインシュタインは、前年秋のアメリカ旅行からの帰途、自分の身がヒトラーから狙われていると知らされた。ドイツへは帰らずベルギーからイギリスへと渡ったが、ついにヨーロッパにいては危険だ、いつナチスの手が伸びるか分からないという情報を得た。こうして、アインシュタイン一家はアメリカへ亡命を果たしたのだった。

その後のドイツは暗黒の時代を迎える。

ヒトラーの行った政策で、評価できるものを挙げるなら、アウトバーン建設の着手と、新聞などの文書で使われてきた難しい亀の子文字を使うのをやめさせ一般国民の識字能力を高めたことだろう。

アウトバーンの建設は、国民に大きな経済効果と便宜をもたらしたので、第一次世界大戦敗戦後の疲弊《ひへい》したドイツの人々は、社会を上向きにしてくれる指導者と期待してヒトラーを歓迎した。アウトバーン建設によってもたらされた経済効果で、ナチス党は支持率を一気に上げた。

それに乗じて、ヒトラーは国の力を世界に轟かす最も有効な手段として、オリンピックを招致した。スポーツの祭典を国の政策の宣伝という目的で利用したのは、このベルリン・オリンピックが最初であろう。本来スポーツは政治に巻き込まれるべきではないが、その後のオリンピックの開催をみていると、さまざまな政治的思惑が入り込み、純粋なスポーツを国力示威の道具として使った事例も多数ある。

一九三六（昭和十一）年八月一日に開催された第十一回ベルリン・オリンピックは、四十九ヶ国の参加を得て盛大に行われた。メインスタジアムを埋めた十万人の大観衆が、右手をまっすぐ前に突き出すナチス式の敬礼をするなか、ヒトラーの開会宣言で始まった。世紀の祭典と称されたこの大会は、レニ・リーフェンシュタールによって記録映画「オリンピア」が撮影され、現在ベルリンのポツダム広場にあるフィルム博物館で一部の画像が見られる。日本も四十人の選手団を送り、水泳や陸上競技で四つの金をはじめ合計十六個のメダルを獲得し、国民を熱狂させた。とぎれとぎれに箱形ラジオから聞こえたNHK初のオリンピック放送で、アナウンサーの河西三省が「前畑ガンバレ」を連呼したのはこの時のものである。

オリンピックが終わると、ヒトラーは再び周辺諸国を侵略して、勢力を伸ばした。一方国内では、ユダヤ民族やジプシーと呼ばれたロマ・シンティの人々を、徹底的に排除する政策を復活させた。

もしナチス政権が、差別した人々にどのようなことを行ったか、どういう差別をしてきたかを一語で言えというならば「ホロコースト」となる。語源はギリシャ語で、「ホロ」は大量、「コースト」は焼くという言葉であり、英語に転じて大量虐殺、ことにナチスが行った大量虐殺をさす。

ドイツ国内や、戦争中に大きな犠牲を払ったポーランドをはじめ周辺国での大量虐殺は、ユダヤ人ばかりでなく、少数民族や、同じドイツ人でも肢体不自由の人々、そして同性愛者というように、勝手な線引きによって差別された人々がその犠牲になった。

あの戦争から六十数年が経った現在、広々とした草原が広がるポーランドの南部の春、あちこちに白、紫、黄色の小さな草花が咲き乱れ、のどかである。オシフィエンチムという静かな街に大きな駐車場があって、たくさんのバスや自家用車が停車し、数多くの観光客を降ろしている。

人々は話を交わし、時には笑い声をたてながら、柳の大木からカーテンのように垂れ下がる新緑の枝の下を、事務所のある大きな建物へ入って行く。そして入場チケットを求め、建物を出るとひとかたまりとなって案内人に誘導され、そのミュージアムへの第一歩を踏み出す。ミュージアムと言っても一つの建物ではなく、この一歩は、鉄条網の張り巡らされた広大な敷地へ向かう始まりとなる。

そのあたりから人々の私語が止み、案内人のトーンを落とした感情を入れない言葉が、立ち並ぶ煉瓦の建物に響く。

「私は、ここでドイツ人が何をしたかを、ご案内するのではなく、二度と人類がこのようなことをしないために、皆様にこのミュージアムを見て頂こうと思い説明を致します」

公式ガイドの国家試験に合格した案内人たちは、もはや戦争の時代を知らない世代であるが、彼らが見学者たちを連れて歩くミュージアムの広さは、一四〇ヘクタール、坪数に換算すれば、なんと八十七万坪に及ぶ。そこに展示されている建物や物品は、当時のものをそっくりそのまま修復しながら見せており、いずれも新たに再現したり複製したものではなく、いうなれば本物ばかりである。

ポーランドの国家は、ここに国立アウシュビッツ・ミュージアムという呼び名をつけ見学者を受け入れて、後の世に警鐘を鳴らしている。ドイツ国内にもこのようなユダヤ人を閉じ込めた収容所がいくつもあり犠牲者はたくさん出たし、見学者も受け入れている。だが、その数や規模の点で、アウシュビッツは比べられないほど広く大きい。

一九四〇（昭和十五）年六月に、ヨーロッパ各地から七二八人のポーランド政治犯が収容されたことが始まりで、その後ナチスによってユダヤ人をはじめ、さまざまな被差別の人々が送り込まれ、この時から強制収容所または絶滅収容所とよばれるアウシュビッツが、恐怖の代名詞で人々に知られるようになった。それから四年七ヶ月の間に、そこで行われた事実は、残酷、非道、凶悪とマイナスの言葉をありったけ並べてもまだ言い足りないような歴史が刻まれた。

その犠牲者の数は、百十万人とも百五十万人ともいわれるが、実際の数はもっと多いと聞く。即日に銃殺された人々もいたが、毎日毎日送りこまれるユダヤ人や被差別の人々を働けるかどうかで選別し、大勢の弱者や女性子供を一気に絶滅するために一室にとじ込め、青酸性毒物のチクロンBを使って始末した。このように強力な薬品を使わないと、とても四年あまりの間にこれほどまで多くの命は奪えまい。

今ミュージアムを訪れる見学者の足元には、数知れぬ人々が眠っている。そう考えると、ここは大きな墓地と考えてよい。

ミュージアムの展示室には、恨みを目に込めた犠牲者たちの顔写真が壁にかかり、そこを訪れた人が、家族や知人を発見して捧げたという花が絶えることがない。人々を毒ガスで一気に殺戮《さつりく》した部屋、薬の缶、大きく口を開けて見学者まで飲み込みそうな遺体を焼いたというレンガの窯など、見学しているうちに段々に気分が悪くなる。だが、目を背けるのは犠牲になった人々にあまりにも失礼であろう。ここの人々が閉じ込められていた場所と比べれば、他のヨーロッパ中世の城に残る牢獄のほうがずっとましに思われる。

収容所に引き込まれた鉄道が広場でいきなり途切れている。ドイツやヨーロッパ各地から集められた被差別の人々が、すし詰め状態の貨車に押し込められて到着し、ここで降ろされた。門の上に「労働は自由になれる」という有名なキャッチフレーズの鉄柵が見える。

そこに並ばせられた人々は「これはまだ労働に使える」とか「役に立ちそうだ」とかで選別され、見るからに弱そうで、あるいは幼くて使いものにならないと判別された人々は、即ガス室に連れて行かれた。

ここでいう労働とはなんだろうか。それは抹殺した人々の処理や遺品の始末であり、それを犠牲になった人々の同胞に課した。ガス室に連れ込まれる人々も、そこに連れて行く人々も同じ民族の血を分けた人々の手によって処置されたのだが、それもまた残酷なことである。

展示棟には、デパートのショー・ウインドーのような大きな陳列室が並んでいる。犠牲になった人々が持ってきたスーツケース、歯ブラシなど洗面具の入ったところ、一万個以上のメガネ、服ばかりが入れられたところ、体の不自由だった人の義足やコルセットだけ入れた場所と、それぞれがとてつもなく大きなケースに入っており、ガラス越しに見られる。なかでもその数十一万五千足というリボンがついていたりする小さな子どもの靴が、ことのほか憐れだ。

もっと凄惨なものは、入所した女性の髪の毛を根本で切り取って収集したケースである。生前さぞ華やかだったであろう色とりどりの髪の毛が色褪《あ》せて、灰色の海藻のようにぎっしりと山のように積まれている。

第二収容所のビルケナウは、第一収容所のアウシュビッツの七倍も広い。団地のように並ぶ収容所と、そこで人を処理した膨大な工場群があり、おぞましい悲劇を淡々と繰り返していた狂気はただものではない。足もとから冷気がたち昇る。

この収容所で、ポーランドがソ連によって解放された一九四五（昭和二十）年一月まで、毎日、毎時間、途絶えることなく多くの命が抹消されていた。

## 苦渋の決断

一九三三（昭和八）年、アメリカに亡命したアインシュタインは、同時にプリンストン大学の教授に就任した。大変なストレスを抱えて米国へやって来たであろうが、研究、学問への情熱はとどまることがなかった。

だが夫人のエルザは、この逃避行がこたえたのか、翌々年に亡くなった。どんなにアインシュタインはがっかりしたことであろうか。彼の愛して頼りにした妻の身体は、ストレスでむしばまれたに違いない。

プリンストンの家には、エルザと彼女の連れ子であるマーゴット、そしてベルリンから連れてきた秘書のデューカスも一緒に住んでいたが、アインシュタインの喪失感は日をまして重く、孤独が増す。

ヨーロッパの状況が聞こえてくるにつけ、不安も大きくなった。ことにドイツでのユダヤ人に対する迫害は、日を追って厳しく激しいものとなっていることを、伝え聞いた。もし自分が、そして家族がナチスの手に捕まったとしたらどうなっただろうかと考えると、いてもたってもいられない。

まさかナチスといえども、あの偉大なアインシュタインとその家族を、どこかの絶滅収容所で殺したりはしないだろうと、誰が言いきれるだろうか。エルザやその娘から切り取った髪の毛が、無造作に束ねられたまま、アウシュビッツのあのガラスケースの中に見知らぬ他の誰かのものと一緒に放り込まれることも、十分にあり得たはずだ。強制収容所の冷たい土に掘られた穴の中に、アインシュタイン自身が投げ込まれて土をかけられ、闇に葬られたとしても、けして不思議なことではなかったのである。

そういう恐怖の悪夢は、おそらくアインシュタインの頭の中に現実に起こりる事実として、堂々巡りしたのではないかと思われる。

一九三九（昭和十五）年八月のことである。ある日、ハンガリーから亡命したユダヤ系アメリカ人で物理学者レオ・シラードが、アインシュタインをロングアイランドの家に訪ねてきた。

そしてシラードが書いた、ルーズベルト大統領に原子爆弾製造を勧める手紙をアインシュタインに見せた。驚いたことに、差出人のサインこそないが、発送人の住所氏名欄にははっきりと、アルベルト・アインシュタインと名がタイプされていた。

シラードは、ナチス政権のユダヤ人迫害に対抗するには、原子爆弾の開発以外にないと話し、そしてベルリンのカイザー・ウイルヘルム研究所で、材料となるウランの調達が始まったので、間もなく確実にナチス・ドイツで原子爆弾が造られるであろうという情報が入ったと告げた。ナチスがすすめる原子爆弾の開発に強い危機感を持ち、これを阻止するには、先に原子爆弾を開発する以外にない、そしてそれを開発するには力のあるアメリカを動かす必要がある。それには、ノーベル賞受賞のスターであるアインシュタインを引きづり込む以外ないと確信をして、やって来たのだった。

シラードの話を聞いてアインシュタインは「大変だ。あの狂気の集団が、これを手にしたら世界は破壊される」と思うと、まるで氷水を頭から浴せられたようだった。

夏の陽が照るなか、還暦を過ぎ、妻を失った男は、タイプで文章が打たれたレターペーパーを前にして考え込む。

「この手紙は、しばらく置いていってくれたまえ。ちょっと考えてみるから」と、アインシュタインはその場ではサインをしなかった。

その日からしばらくの間、シラードが用意した英語の文章を、より正確にその内容をつかむため母国語であるドイツ語に訳してもらい、何度も読んでみた。

手紙の最後の節には、ドイツにおいて、この研究の開発をするであろう人物フォン・ヴァイツゼッカーの名まで記載されている。かねてからアインシュタインが着目し信頼していたこのドイツの新進物理学者の顔を思い出した。

「彼は平和運動を進めていたのに…」深い溜息が吐かれた。そして目をつぶり、前年の一九三八（昭和十三）年十一月九日深夜にドイツ国内で起こったと聞くあの事件を思い出していた。

それは世にいう「クリスタルナハト（水晶の夜）」で、ナチスの突撃隊がユダヤ人の商店や住居、そしてユダヤ教の教会であるシナゴークなどを、武器を持って襲いめちゃくちゃに破壊した事件である。ナチスばかりでなく市民もこの騒ぎに乗じて暴徒となり一緒に暴れ、叩き壊されたショーウインドや窓ガラスが粉のように砕け散って道に散乱した。夜明けの陽光に照らされた惨状が水晶が砕け散ってキラキラ光るのと似たありさまから、こう名づけられた。この暴動で出た犠牲者は百人に近く、三万人ものユダヤ人が強制収容所に連行された。現在では、この夜のことをドイツ語で「ポグロムナハト（虐殺の行われた夜）」という。この事件を境に、ナチスの迫害は、より冷酷に規模を広めていった。

このままでは本当に同胞がすべて滅亡させられる。意を決したように、ペンをとったアインシュタインは、ゆっくりと自分の名を書き入れた。

結果的にこの大統領宛の手紙がきっかけとなり、原子爆弾開発「マンハッタン計画」にゴーサインが出て、製造へのスタートが切られたのである。

これを聞いた、かつてアインシュタインと平和活動の同志として信頼し合っていたフランスの文学者ロマン・ロランは、自分の日記に「アインシュタインは自然科学の分野では天才でも、知性はあいまいで、自己矛盾している」と怒りを投げつけたという。

アウシュビッツやその他の強制収容所で、日夜を分かたず続けられていた絶滅作業の最中、ヨーロッパ戦線へアメリカが参戦して、連合国側は息をふき返し、ドイツに占領されていたヨーロッパの各地は、次々に開放された。そして、一九四五（昭和二十）年四月三十日、ついにヒトラーは降伏の白旗を上げ、ベルリンの地下壕で自殺をとげた。

ベルリンが連合軍の手に陥ちて、ドイツが敗れた。その結果、アインシュタインやシラードが恐れた、ナチス・ドイツによる原子爆弾の開発は、実際には、その緒《ちょ》につくこともなく終わった。

長い戦いが終わり狂気の政治が幕を閉じたことを知って、アインシュタインはほっとする。そしてアメリカにおいてついにでき上がったとされる原子爆弾も、これで使われることは永遠になかろうと胸をなでおろした。

# 第四章　戦争、そして平和

## 無差別空襲

日本と三国同盟を結んでいたイタリアは、早々と二年前の一九四三（昭和十八）年、ムッソリーニが失脚してこの戦線から離脱しており、ドイツもまた敗れた。

しかし、残る日本はひとり、ヨレヨレになった状態でもなお粘って、戦い続けていた。太平洋の島々と中国では、海で陸で、物資を断たれた日本軍が壮絶な体当たりの戦いを繰り広げ、次々と日本軍は敗退していった。一九四三（昭和十八）年の正月早々、ニューギニアで日本軍は全滅し、二月にガダルカナル、五月には北太平洋のアッツ島、翌年六月サイパン、七月グアム、十月レイテ沖で主力艦隊を失うとドミノ倒しのように全滅玉砕した。そして、ついに日本本土への無差別空襲が始まる。一九四五（昭和二十）年二月に硫黄島、四月には沖縄が米軍の手に落ち、首都東京にも爆撃機はやって来た。

三月十日に東京へ三百機にも及ぶＢ２９の大編隊が襲来した。十万もの人を殺戮し、二十五万戸以上の家を焼き払った。東京の下町は、高台から見渡すと一面、広い焼け野原となり、「東京大空襲」として今も記憶される。

各都市でも、一般市民を狙って無差別爆撃が開始された。日本がこの戦争を起こした責任については、さまざまな論議がある。しかし一般の、真面目に暮らし平和を望んで生活していた人々が被害に遭《あ》うのは、いかなる国であろうとも、あってはならないことだ。なんらかの欲望のもとにこの戦争を起こした一部の人こそ責められるべきであって、なぜ貧しく名もなく平穏に暮らす人たちが、愛する家族を失い、涙枯れるまで泣かなければならないのだろう。それが戦争であるというのなら、すべての国の平凡な人々が戦争で受けた被害に、世界中の指導的立場の人々は目をそらさず見つめるべきではないか。

大型爆撃機B29が、太平洋上に設けられた米軍基地からたくさんの焼夷弾《しょういだん》を積み、毎日日本の上空へ編隊を組んでやって来る。この爆撃機は、地上を揺るがして重い鉄棒を引きずっているのかと思うような爆音を立てる。悪魔が地獄から攻めてくる時には、きっとこのような音を立てるに違いないと、人々は恐れおののいた。

一般の人々に「敵機来襲」を知らせるのは、少し間を置きながら鳴る警戒警報のサイレンと、間断なく鳴るサイレンの空襲警報であった。だが高度一万メートル上空を高速でやって来る、ものすごい数のＢ２９は、空襲警報が鳴る頃には既に頭の上にいて逃げまどう人々の上に大量の焼夷弾を降らせていった。

街では国民服に戦闘帽、防空頭巾にモンペという簡素ななりの人々が、各家に掘られた防空壕の中に逃げ込んだり、防火用水と書かれた水を張ったコンクリートの四角い容器の陰に隠れて、こわごわと空を見上げた。

焼夷弾は飛行機から落とされると、途中で幾つもの小さな筒となって降る、いわゆるクラスター爆弾である。落ちてきた金属の筒が木造の家に落ちると直ぐに火が点《つ》いて燃え上がり、あっという間に木と紙でできた日本の家々を焼きつくした。

さらに、その逃げまどう人々を、低空飛行で近づいてきた戦闘機が機関銃で舐《な》めるように撃ち、これでもかと殺傷した。

空襲は全国の都市に、何度も何度もくり返し行われ、家も人も焼き、大都市はその二年間に、合わせて百回以上もの空襲で焼かれ、およそ五十数万人の人々が亡くなったと言われる。

奈良と京都が空襲の被害がごくわずかだったのは、米軍が日本全土を精密な鳥瞰図《ちょうかんず》で見ることができ、この文化遺産を避けて空襲を行っていたからだった。それほどに性能がよいレーダーや観察機器を持つ米軍機は、きっと恐怖で逃げる一人ひとりも、ピンポイントで視野に捉えていたであろう。

三月十七日の神戸の大空襲は、東京と同じく三百機の編成でやって来たB29によって、二千六百人が戦災死し、十二万戸が焼かれた。来ては去り、去っては来る繰り返しに、各地の人々は警戒警報ぐらいでは防空壕に入る気もしなくなっていた。

神戸や大阪などの大都市が狙い撃ちされていることを知り、焼夷弾が芦屋の家の上に降ってくるのは時間の問題だと、速は思った。

この頃、札幌の富子へ送られた大きく読みにくい字で書いた速の手紙が残っている。

《**当地の空襲　昼夜の別なく、絶えず爆撃　人心騒然たるも　芦屋にはまだ被害なし**》

岡山大学に勤務している息子の博が、三月に催された学会に出席したついでに訪ねて来た。岡山の方が神戸より小さな都市だから空襲もないだろう、母親の三保だけでも連れて岡山へ行こうかと言った。

だが例によって堅い速は「お前は公用で来たのだから、それに母親が私用で便乗するのはよろしくない」と断った。察するに、速は芦屋に一人残されて、夫婦離れ離れになることを恐れたと思われる。あの強気な速も、年を取り気弱になった。

四月になると、札幌の富子の一家を案じながら、小学生になった孫の姿を想い描き、速はひとり静かに庭を見る。そして、机に向かってペンを持つ。自分たちの心細さや不便さには一行も触れず、気丈に娘たちの心配のみを書いた。そして文末にこう記す。

**《八重桜はようやく本日一分咲き　彼岸・吉野桜はだいぶ落花し　山桜の一部は残りおる》**

限りなく花を愛した速が、目にする桜は、これがこの世で最後となった。

## 岡山へ

ほどなく五月になり、阪神地方がいよいよ危いと判断した博は、両親を岡山に迎えることにした。だが目の不自由な父親と腰の曲がった母親を、どうやって芦屋から岡山まで連れて来ようかと、この一か月、博は各方面に助けを求めていた。鉄道が空襲で寸断され、通常の列車運行が不可能となっている。加えて、多くの人々が都会から田舎へ疎開をしようと、それぞれ大きな荷物を背負って列車に乗り込むためにぎゅうぎゅう詰めで、もはや客車と言えない貨物車両のようなありさまであった。

幸いにも昔、速が手術をした人の息子で佐藤栄作という人が大阪の鉄道局長となっていると聞き、わらをもつかむ気持ちで手紙を書いた。すぐに返事がきて、「父が命を助けてもらった恩人だから」と、責任をもって速夫妻を搬送してくれると申し出てくれた。後年政界に入り、一九六四（昭和三十九）年から長期にわたり総理大臣を勤めたこの人は、大阪駅で若い部下に三保を背負わせ、自ら速の手をひき列車に乗せてくれた。

疲れはてて岡山に到着した速夫妻は、難波町の博の家の一室に無事収まることができた。現在では、岡山市にその町名はなく弓乃町である。

南西の角部屋から見る裏庭は狭いものの、ユスラウメが葉を茂らせ、柿の木や草木が新緑に光って、二人の目を慰めてくれた。玄関は大きな道路の柳川筋に面しており、北側には隣家の蔵がそびえ、東にある表の庭いっぱいに防空壕が掘られて、こんもりと土が盛り上がっている。隣家の主人が出征して、家を守るその妻と姑が、警戒警報のたびに博一家と一緒に防空壕に入った。

博の家には、妻の和子、中学二年の息子の進と幼稚園年長の娘スミコ、加えて岡山大学医学部に入った和子の甥の螺良英郎《つぶらえいろう》との合計五人家族だが、このたび速と三保を加えて七人の大家族になった。

問題は食糧の確保である。配給はほんのわずかで、農家に身寄りも伝手もなく、どこにも供給源はなかった。かといって、都会の真ん中で育った和子は、鍬を握るのは初めてで、進と英郎の若い力がなければ、たった一坪ほどの狭い場所でも耕せずカボチャもキュウリも植えられなかっただろう。花が咲き、この夏にはきっと実がなって食べられると思うと、生まれて初めての喜びを感じる。

陽の当たる縁側にペタンと座った孫娘の後姿を見て、その愛くるしさに速は思わず微笑んだ。この空間のひと時に戦争はなかった。スミコは小さな細い二本の指先でコンペイトウをつまみ、太陽にかざし、さっきからずいぶん時間をかけて舐《な》めている。

「おいしいかい」

振り向いたスミコがこくりとうなずくと、真っ黒なおかっぱがさらさらと輝いた。

「きょうはね、コンペイトウがおやつなの。おじいちゃん、一つどうぞ」

全国で砂糖が払底していて、砂糖の代わりの甘味料が使われているこの頃、未就学児童にだけ雀の涙ほどの甘味が配給される。スミコが小さな掌《て》を開くと、たった一個の小さなコンペイトウが載っていた。

「ありがとう。お前さんがお上がり」

お菓子も満足に食べさせてやれない時代になったのかと胸が痛くなり、思わずスミコの髪を撫でる。

「お前さんは、きれいなカンカンをしておいでだねえ」

ここに来たおかげで、息子の家族と血の通った温もりを感じることができ、速は心から有難いと思った。しかし食べ盛りの大学生と中学生のいる家族に、イモやカボチャ、スイトンと米より麦の方が多い麦飯など、毎日食べさせるのはさぞや大変だろうと思うと身が縮む。

昼間に「敵機来襲」を知らせる警報のサイレンが鳴ると、和子は手早く身支度して、まず速夫妻を庭先の防空壕に入れ、ひとブロック先にある幼稚園へ娘を迎えに行く。母子は戻ってきて防空壕に入り、「お父様、お母様、大丈夫ですか」とたずねてくれる。万事おっとりとしていた和子がこんなに機敏に動き、頼りになるとは思ってもみなかった。

自分たちがいなければ、もっと楽だろうなあと、速はそのたびに恐縮した。あちこちの空襲が伝えられるこの時でさえ、博夫妻は多くの日本人と同じように、軍がばらまくプロパガンダを信じて「日本は必ず勝つ」と思っていたようだ。

しかし速は、まったく違った見方をした。

「もうすぐ、戦争は終わるよ。この国は弓も矢も使い果たして敗れる時がくる。その時には、想像を絶する悲惨な生活が皆を待っているだろう。そんな時、私たちが生きていたら足手まといになるねえ」

これを聞いて、和子はびっくりした。

「お父様、足手まといなんて、そんな悲しいこと、どうぞおっしゃらないで下さい。それに日本が負けるなんて、そんなことが外に聞こえると、憲兵に連れて行かれます」と、そのたびに哀願する。

梅雨が来て、毎日しとしとと雨が庭木を濡らしていた。

この戦いは間もなく敗れるという強い確信を持つ速は、その先に日本の国民は現在の生活よりもっと酷《ひど》い暮らしが待っていて、自分たちのような年寄りが生きること自体まわりの人々に迷惑をかけると考えていた。

博が帰宅するなり速の部屋へ行った。この息子は幼い時から、親の前で膝を崩したことがない。この日も息を弾ませながら、両親の部屋のふすまを開けて、廊下にきちんと座り手を膝に載せた。

「ただいま戻りました。よい知らせです。来週、鳥取の三朝《みささ》に疎開して頂きます。私がお連れしますので、なにもご心配なく。ここ岡山も陸軍の練兵場があるし、海軍の呉も近いから、空襲が来るのも時間の問題だと思われます。三朝は山の中で、静かだそうです。お寂しいかもしれませんが、少しのご辛抱ですから。明日から和子に荷物を作らせましょう」と一気に報告した。

博の好意はありがたかった。父であり、同じ道を歩く先輩でもあるのだが、今はもう長年持ったメスを置き、なにもできない老人になってしまった自分を大切にしてくれることを、申し訳ないとすら思う。

「ありがとう」と言って、最近涙もろくなった速はあわてて手元の本を開き、視力の落ちてしまった目を、その上にただよわせた。

かいがいしく和子が疎開の荷作りに精を出し、芦屋から送ってきた行李《こうり》や本の入ったミカン箱も一緒に玄関の脇に積み上げた。

「ご飯ですよ」

いつものように明るい声で和子の呼ぶ声が聞こえた。三保と二人よろりと立ち上がり茶の間に向かう。

「今日は梅雨の中休みで、ずいぶん蒸しますねえ。毎日お芋の蒸したのばかりですみません」と言いながら、和子がちゃぶ台に芋を盛った籠《かご》を置く。

「今日はね、進は工場から早く帰れるらしいのです。ゲートルもうまく巻いて国民服を着て出かける姿をみると、月足らずで生まれたお猿のような赤ん坊だったとは思えませんでしょう。中学生も学校じゃなく、軍需工場へ行くご時世で、いやですね」と言う。

「お前さんにはお世話になったねえ。明日は鳥取に行くけど、本当に感謝してますよ」

速が、頭を下げる。三保も深々と頭を下げる。この二人はいつも同じ動作をして、よほど仲がいいのだと、和子は感心した。

「そんなことおっしゃったら涙が出ますよ。ほら、冷めちゃうから頂きましょう。お芋はまずいけど、温かいだけが取り柄ですから」と、コロコロといつものように笑おうとするが、その声はくぐもって、語尾がはっきり聞き取れなかった。

## 岡山城炎上

その日六月二十八日の夕方、久しぶりに家族全員がそろい、速夫妻の壮行のために麦飯を炊いて祝った。飯が蒸し暑さで腐らないように、籠でできた飯櫃《めしびつ》に移す。

「今日はたくさん炊いたから、明日の分まであるわ」と、和子がみんなに言った。

やがて老夫婦が部屋にひきとり、甥の大学生である英郎が試験だから勉強しなければと、二階の自室に引き上げた。

台所を片づけ、進が今評判の映画は化け猫というんだと話すと、博と和子は「へぇー」と、笑った。老夫婦の疎開先も決まりほっとして、久しぶりの一家団欒《だんらん》だった。

和子は、このところずっと空襲に備えて着たまま寝ていたモンペを、あまりの暑さに脱ぎ、畳んで枕元に置いた。そばで静かな寝息をたてるスミコの額には、べったりと汗が滲んで、金魚の絵柄の浴衣が既に湿っている。


試験勉強を終えてノートをかたずけて、少しうとうとした時、英郎の耳に部屋中の窓ガラスが割れたような大轟音《ごうおん》が響き、地面が地震のように揺れた。再び大音響と共に、目の前が急に明るくなり、反射的に時計を見た。夜中の二時半を回っている。

階段を転げるように、大声をあげながら駆け降りる。

「進ちゃーん、起きろ。おじさん、おばさん、大変だあ。空襲、空襲」

既に和子がモンペをはき、肩掛けカバンのひもに頭を突っ込みながら
「空襲警報、鳴らなかったわね」と言っている。

速も三保と手をつなぎ、玄関まで出てきた。

「お父さま、防空頭巾をかぶって下さい」

和子が用意した綿入りの頭巾を速と三保がかぶる。

「早く防空壕へ」

玄関の戸を開けると、いきなり照明弾の閃光《せんこう》がきらめいて、昼間のように皆の真っ青な顔を照らした。窓ガラスがビリビリと今にも割れそうな振動を起こす。

一同が防空壕に入った。写真のフラッシュのような光と地響きのする轟音、そして地獄から迎えにきたような爆音が絶え間ない。記録によればわずか人口十五〜六万人の都市を、一四〇余機ものＢ２９が爆撃を加えたという事実は、岡山市を焼きつくそうとしたとしか考えられない。

首を伸ばし門の格子戸を透かして見ると、人の群れがの前の大通りを北の方へ津波のように逃げまどっている。

「ここにいては危険だ。早く逃げなければ。打ち合わせ通り、後楽園で落ち合おう。英郎君、

先に出てくれ。スミコを頼んだよ。進は和子と、早く、早く。お父さん、お母さん、私と逃げますよ」

最初に外に踏み出した英郎は、逃げる人の多さに驚いて、引いていたスミコの手を放し背に負う。ふだん満足なものを食べてない従妹は、空気のように軽い。

あちこちに焼夷弾が落とされ、薄暗い闇に無数の弾がきらめく雨のように降り注ぐ。あっという間に家並みは、火の海になった。絶え間なく降る火の粉が当たらないように、時に路ばたの公共の防空壕へ入り、通りの石塀に身を寄せながら、英郎はスミコを背に懸命に駆けた。普段からいざというとき落ち合う場所と決めていた後楽園に向かう。だが、すでに旭川を渡る橋の手前は人がいっぱいで、園内に容易には入れそうもない。やむなく川沿いを北に向かった。

しばらく夢中で走ったところで、振り返ると、ほんのりと東の空が白み始めた。立ち止まり弾む息を整えてあたりを見ると、中心街から遠のいたせいか、焼かれた家はなく、普段通りの閑静な佇《たたず》まいで朝を迎えようとしていた。土手に造られた大きな防空壕を見つけ入ろうとしたが、中は人がいっぱいである。頼み込んでスミコを入れてもらい英郎は入口近くに辛うじて体を滑り込ませた。壕から首だけ出した丁度その時、スミコと同じ年頃の女の子が、防空壕に向かって大声で叫びながら駆けてくる。近づいてきたその子は、まるで火の玉のように全身が焼けて、目の前で力つきて倒れた。英郎は、体中が赤く燃えているその子を見て、全身に鳥肌が立つ。そして生涯忘れることができないと思う。爆撃の音はまだ遠くから聞こえてくる。

腕時計を見ると、あれからわずか一〜二時間しか経っていないが、恐ろしく長い時間に思えた。向こうに、大きな旭川が見える。英郎は急に博たちのことが気になりだした。

「スミちゃん、みんなを探してくるからね。ここを動いちゃいけないよ。絶対にじっとしててね」

金魚の絵柄の浴衣は所々ススで黒ずみ、くしゃくしゃになって痩《や》せた少女の体にからみついていた。ちょっとの間、英郎はこの小さな子を誰かに連れていかれたらどうしようと躊躇したが、思い切ったようにもう一度「決して動かないでね」と念を押し、後楽園の方向へ駆けだした。

壕の中が人いきれで苦しくなりスミコは外に出て石垣に腰かけた。冷たい石に座るスミコの耳の中には爆音と絶え間ない爆発音が響き、否応なしに鼻の奥に入ってきたあらゆるものが焼け焦げる異様な臭いが去ることなく、ひとり怖さに身を縮めていた。

その防空壕がある土手から正面に、普段なら真っ黒にそびえる岡山城が、みごとに望める。この城は十四世紀に築城され、四層六階という威容を誇る天守閣は十六世紀に建てられた。板壁が黒く、その漆黒の概観から別名を「烏城《うじょう》」として市民に親しまれていた。

空中に泳がせていたスミコの視線の焦点が急に定まり、突然その眼が大きく見開かれた。夜明けの薄明かりの中に浮かぶまっ黒な天守閣の一つの窓から、真っ赤な炎が噴き出した。次々にすべての窓から紅炎《こうえん》が噴き出て、それは映画でも見られない落城の大スペクタクルである。

やがて城はどっと崩れ落ち、そのあたりの森が、赤く燃える炎を背景にしていよいよ黒く浮き出た。スミコは岡山城陥落の一部始終を、小さな頭に焼きつけた。

岡山城陥落の一部始終を、和子は「ここは地獄にちがいない」と思いながら、近くの河原で見ていた。遠くに見える城が姿を消した後、もう生きていても仕方がないのではないかとぼんやりしていた。

家を出た時、目の前の防火用水のコンクリートの桶に頭を突っ込んで息絶えた人を見た。道端で空《くう》を掴《つか》んで絶命している人もいた。和子は手を引っ張るように急ぐ息子の進に叫んだ。

「あなたは若いのだから、一人で生きのびてちょうだい。私はもう動けない。行ってちょうだい。私を置いて行って、お願い」

家を飛び出した時、和子は無意識に昨夜炊いた麦飯の入った藁《わら》の飯櫃《めしびつ》をかかえていた。それを横に置いて、べったりと座り込む。道沿いの家々に焼夷弾が絶え間なく落ちて燃えさかり、火の粉が舞う。逃走する人が、座り込んだ和子にぶつかりそうになり、大声で怒鳴られた。いきなり和子の頬に一撃がさく裂する。見ると中学生の息子が、鬼のような形相でにらんでいる。あの未熟児で生まれた進が怒った。

「しっかりしてくれよ。スミコをどうするのだよ」

われに返った和子は立ち上がろうとしたが、腰が抜けて立てない。進は、母親の重たさを両手にずしりと感じながら、片手で飯櫃を抱えた和子を必死に引きずって進んだ。英郎たちと同じく、予定した後楽園には入れず、旭川の河原に下り、ひたすら川上へ向かった。

岡山城の落城を、進は別の感慨を持って見ていた。この城内に進の中学があるのだが、勤労動員で工場へ通い学校の門をしばらくくぐっていない。いつになったら勉強できるのだろう。この空襲の中、友人たちはどうしただろうと思うと、涙が湧き出てきた。

夜中の轟音に驚いて目を覚ました博は、皆の名前を呼びながら防空壕に入ろうとした時には、既に窓の外に火の粉が舞い、ガラスがびりびり鳴っていた。絶え間ない轟音と焼夷弾のシュウルシュルという音が、すぐ近くで聞こえる。とにかく、防空壕から出て後楽園へ逃げるように指示をした。英郎がスミコと、和子が進と走り去ると、博は両親の手を左右の手でしっかりと握り、ひっぱりながら表へ出ようとした。

右手に強い抵抗を感じて振り返ると、速が立ち止まって、三保を見ながら言う。

「ちょっと待ってくれ。すまんが小用に行きたい」

博の手を振り払い、三保の手を取って速は家に戻ろうとする。博はこんな時、二人で行かなくてもと思ったが、年取ってから両親はますます一緒にいたがるようになっている。「早く戻って来て下さい」と声をかけた。

突然、振り返った速が張りのある、凛《りん》とした声で叫ぶように言う。

「博、早く行って子供たちを守れ。必ず後から行く。爆弾が落ちたら防空壕に入る。心配するな。早く行け」それは、小さい頃から聞いて恐かった強い父親の声であった。

足の悪い三保を抱えるようにして、速は家に入った。

すぐ近くで大音響と共に爆弾が破裂する。博は、妻や子供たちを思うと、心配で胸苦しくなりはじめた。父に言われたように行くべきか、止まって両親を待つべきか躊躇して、門から進めないまま立ちすくむ。

　不意に肩先を誰かにど～んと強く押された。そのまま身体が宙に浮き、そのまま人の波にのせられて運ばれていく。人々は、氾濫した川のように、戦火を逃れ市外に向かって、ひたすら生きるために走る。


　Ｂ２９の爆音と炸裂する爆弾の音が静まると、目の前の道を、なにかに憑《つ》かれたような人々が足早に通っていく。その人々の中に混じった父親の博が家族の姿を求めながら、スミコの前を通り過ぎようとしてた。一人ですくむように座る娘を、博はもう少しで見逃すところだった。金魚の浴衣がチラリと目に留まり振り返る。我に返ったように博は、「スミコッ」と大きく叫んで、しっかり抱き上げた。そこへ英郎が戻ってきて、和子たちが見つからないと告げる。河原の方をまだ探していないと、二人は急いで旭川の方に向かう。

　河原でぼんやり立ちつくしている進を発見した博と英郎は、家族の命があったことにひとまず安堵した。あの大空襲の中、バラバラになっていた家族が再会できたことは奇跡のようだった。

速たちの消息を誰もが聞きたくて、博の顔をそっと見る。

「お祖父ちゃんたちと一緒に、いっぺんは門の外に出たんだ。急に親父が『おしっこに行かせてくれ』と言って、お袋の手を取って家に戻った。その時、『先に行け、必ず後から行く』と言ったんだ。待ってたんだ。ずっと待ってた」自分に言い聞かせるように、そしてしばらく沈黙する。

「それから近くに爆弾が落ちて…防空壕に入ったかも…」そのまま博は口をつぐんで空を見上げた。突然、進が市内に向かって走り出した。はっとして博も英郎も後を追う。和子は娘を抱きしめながら、その小さな命の温もりを肌で感じ、三人の走り去った方をじっと見ていた。夜が明け、あたりがすっかり明るくなると、爆音は止み、真っ黒な雨が一気に降り出した。間の抜けたように空襲警報が鳴っている。

戒厳令が布かれ、憲兵が土砂降りの雨の中、剣を抜いて道に立ちはだかり、市の中心に戻ろうとする人々を厳しく差し止めている。博たちが躊躇する間に、小さな身体の進が隙を見て、ひとり難波町の家に向かって走り去った。

雨で炎は消えたものの、まだ煙があちこちから立ち昇っている。この夜の空襲は、岡山市のおよそ七五パーセントを焼きつくした。見渡す限りの焼け野原は様子がすっかり変っていたが、進は記憶を頼りに家の方角に向かう。隣家の蔵が鉄格子からぐすぐすと燻《くすぶ》る煙を出しながら、辛うじて立っているが見えた時はほっとした。

　進が大声で呼んだ。

「おじいちゃーん、おばあちゃーん」

　見慣れたわが家は跡形もなく防空壕だけがぽつんと残っていた。入ろうとするとまだ熱くむんむんとして、とても入れる状態ではない。中にも呼びかけてみたが、なにも聞こえない。ゲートルを巻いた足をそっと差し入れると、なにかが触れた。しばらく足でまさぐりながら、繰り返し熱い防空壕の内を探っていた進が、なにかに足が触れその感じから状況を読みとったように、呆然《ぼうぜん》と立ちすくむ。

　戦闘帽を脱いで、深く一礼をする。しばらく肩を震わせていたが、もとの道を辿《たど》って博と英郎が心配そうに待つ場所に戻って来た。

「見つかったか」

「防空壕の中…」あとは言葉にならない。

　川上の知人の家を訪ね、少しの間休ませてもらうことにした。博は膝を抱え、目を宙に浮かせたまま、話しかけても答えることもしない。

そばでその様子を見ていた英郎は、後年になって、言葉を切りながらその時を話す。

「あの状況で、目が不自由なおじいさんと腰が痛むおばあさんの二人の老人をつれて逃げるなんて誰にもできないよ。若い僕だって、スミコちゃんを背負って逃げる途中、もう駄目だと、何度も何度も思ったもの。僕も、みんなも、叔父さんも、よく生きていたと思う。おじいさんは、とても強い信念をもつ人だったから覚悟の上で残ったにちがいないと、僕は思っているよ。それでも叔父さんは両親を助けられなかったことで、あれからずっと自分を責めていた。辛かっただろうなあ、なんと惨《むご》いことだろう。叔父さん可哀そうだったなあ」

知人の家ながら畳の上に、博一家は無言で座り込んでいた。時は正午を既に過ぎたらしく、空襲から免れた家々から煮炊きの臭いがたつ。

ふと和子は、自分が藁《わら》の飯櫃《めしびつ》を大切に抱えていることに気がついた。

「少しでも口に入れた方がいいわ」と、皿を借りて皆に取り分ける。口に含むとジャリジャリと砂か何かが混ざっている。戦火を潜り抜けたために入った異物に相違ないが、その感触は、大切な家族を失った悲しみでもあった。皆は、盛られた麦飯を黙々と口に運び、飲み下した。

夕方になって、一家は今回戦火を免れた博の勤め先の岡山大学病院へと向かい、その教授室に泊まることにした。四階の窓から市内を見渡すと、一面焼け野原となって、夜になってもあちこちで煙が絶えない。スーッと青白い光が時々光り、亡くなった人の体のリンが燃えている。英郎は生まれて初めて「ひとだま」を見た。

翌日、夜が明けるのを待って、博と英郎が外科の医員の手を借りて、難波町の家に行った。既に熱も冷めた防空壕を掘り返し、初めて中を確かめた。

速は、長い間連れ添った伴侶の三保をしっかり胸に抱き、果てていた。息絶えていた二人を、そっとそのままリヤカーに載《の》せて布で被《おお》い、大学病院に戻る。道には家を焼かれ呆然と立ち尽くす人、まだ引取り手もなく道端に冷たくなって倒れている人、黒く焼けて朝日を浴びる家々の残骸、微風で空気が揺らぐたびに焼け焦げた臭いに加え、異様な臭気が渦巻いて漂っていた。

大学に戻って、みんなで廃材をキャンパスに集め、速と三保を荼毘《だび》に付した。広いキャンパスの真ん中で、平和な老後を望んでいた穏やかな老人夫婦が、煙となって天に昇っていく。それを囲んだ人々は、速が医学者として多くの人々を教え、外科医として多くの人々を癒したからではなく、ひとりの老人が愛する妻を抱き、国が起こした戦争の犠牲になって逝った哀しみに、泣いた。

博は、燃えさかる火を、まばたきもせず口を固く結んで見つめる。幼いころの思い出と両親の顔が火の中で浮かんでは消えた。

その夜の空襲で戦死した人は、他の大都市と比べれば少なく一、七三七人であったそうだが、されど一、七三七人、その中の二人が速と三保である。

戦時に明かりがもれて敵機に発見されないようにと、真っ黒なカーテンを閉めた大学の教授室の床に、畳を敷いてもらって一家の仮の住み家とした。ミカン箱を伏せて置き、今は使えない白いカーテンの一枚をかぶせ、その上に何本かの海苔《のり》の空き缶に収めた速夫妻の遺骨を置いて、仏壇とした。

電話も不通になり、郵便もいつ届くか分からないが、とりあえず博が札幌の富子に両親の訃報を伝える。この郵便事情では封書では配達が遅れるかもしれないと考え、ハガキにしようとしたが官製ハガキがない。やむを得ず引出しにあった後楽園の滝の写真の絵ハガキに、大急ぎで書いた。

《於岡山
六月二十九日払暁
**御両親とも、戦災死されました**
**子として悲痛の極み**
**他は身を以って逃れました**
**岡山医科大学　三宅博》**

たったの六行がよれよれと、力なく大書されている。日付から十日も後に届いたこの死亡通知を、富子は「どうして絵ハガキなんだろう」と、何度も裏返して見た。

## 終戦

その後、博一家は一週間ほど大学の教授室にいたが、岡山と広島の中間にある造り酒屋の知人を頼って疎開することにした。夜中、田んぼのあぜ道を五人はとぼとぼと、平家の落ち武者のように歩いた。背に負う荷物はほんのわずかで、命だけを抱えて歩く。蛙たちが大合唱をし、若い英郎と進がぼそぼそと話している。

「食用ガエルは旨《うま》いそうだよ」

「ここで鳴いているのはガマガエルでしょう。食べられないかなあ。ザリガニは食えるかも」

彼等は本当に腹を空かしていた。

それから数日過ぎてから空襲の合間を縫って英郎が、大阪の塚口の自宅を空襲で焼かれ、兵庫県の三田《さんだ》に疎開している親のもとへ帰っていった。

太陽が力強くあたりを照りつけて、消耗しきった体が辛い。この夏は「暑い」という感覚も少し薄れている。造り酒屋の離れを借りて生活を始め、すべてのものを他人の好意に甘えながら、一家は身を縮めて暮らしていた。ここでの生活はなんと言っても空襲がないことである。警報の音もなく、ひと月はあっという間に過ぎた。

八月六日、陽が少し傾き始めた頃、母屋の奥さんが庭で洗濯物を取り入れている和子に言う。

「広島で新型爆弾が落ちたそうですよ。さっき、逃げてきた人が『地獄じゃ、地獄じゃ』言うて、まあ、ぼろぼろの布切れを身体に貼りつけただけで逃げてこられたそうです。なんや恐ろしい大きな爆弾やて」

「まあ、怖い」

二人が広島の方を見ると空が真っ赤に焼けていた。

この日、アインシュタインがその開発推進に署名した原子爆弾が、世界で初めて本当に使われたのである。

続いて三日後の九日、九州の長崎に原子爆弾が投下された。博たち一家がもう一年長く長崎にいたら、間違いなく原爆に遭っていた。

二つの都市で原子爆弾の被害者となった人々は、広島では十四万人、長崎では七万五千人、合計二十万人をはるかに越し、ほとんどの人が一瞬のうちに亡くなった。

米国のスミソニアン博物館別館には、広島に原爆を投下した「エノラ・ゲイ」というB29爆撃機が展示され、そこには「この爆弾を使用したおかげで日本は降伏し、もっと多くの犠牲を出さずに済んだ」という意味の解説が掲げられている。この見解は、原爆を投下したことへの正当性として当事国のアメリカが公式に発表し、アメリカの子供たちは第二次大戦に関する歴史教育を、そのように受けている。

八月十五日。

「先生、奥さん、母屋へ集まって下さい。特別放送があるそうですから」

なんだろうと、博と和子が母屋の大きな座敷に上がった。造り酒屋の一家が既にラジオの前に座って、手招きをしている。

座敷の見事な欄間《らんま》の長押《なげし》には、長い槍が掛けてあり、二つ年上の男の子がスミコに囁《ささや》いた。

「米軍が上陸してきたら、あれを持って戦うんや」

やがて大きな箱型のラジオからアナウンサーの厳かな声が、雑音と共に流れてきた。世にいう玉音放送で、高い緊張の声音が空気を震わせて響いていたが、全部の内容を把握した者はいなかった。しかし、間違いなく敗戦が告げられており、放送が終了しても誰も言葉を発せず、ぼんやりとしていた。

「終わったようですな」

「負けたのでしょうな」

「この先、どうなることじゃろう」

夜になって、進が言う。

「もう、明かり点けてもいいいんだよね」

昨日の夜まで、敵機の目標になるといけないと家々では天井からつるした電球のすりガラスの傘に黒い布を巻きつけて、おずおずと燈《とも》していた。進がその布を取ると、電球は燦然と輝いて、皆の顔を照らす。どの顔も、赤い血が脈々と流れ、確かに生きていた。この瞬間、すべてがおわったと、戦災に遭ってから初めて声を出して笑い合った。

博は速の門下生の勧めで、大阪近郊の池田にある寺に遺骨を預けるため関西に向かい、戦火をあびなかった寺の立派な仏壇へ海苔の缶から骨壷《こつつぼ》に移した両親を安置すると、体から力が抜けていくようだった。

「お父さんお母さん、落ち着いたらお迎えに参ります。それまで待っていてください」再び博は、満員の列車で岡山まで立ちつくして一日がかりで戻った。現在では新幹線でわずか四十分の距離である。

それから造り酒屋の主人に紹介してもらい、博一家はある農家の離れに引っ越し、およそ一年を過ごした。ちょうどその頃、速たちが疎開する予定の鳥取に、博の家の荷物も預かってもらおうと先に送っておいたものが、送り返されてきた。中身は、当座は使わないよそ行きの着物や帯、上質の布やショールと、戦時には関係のない品々であったが、これを物々交換の元手にして、一家はおよそ一年間生きるだけの食糧を、細々と手に入れることができた。

春にはスミコが小学一年生となるために、隣町に行って、わずかな文房具とランドセルをそろえると、靴まで買う金がなくなった。ランドセルは馬糞紙《ばふんし》といわれたボール紙でできていたが、いちおうの体裁が整った。帰り道、和子が村の鎮守を通りかかると、婚礼の行列があちらからやって来る。やがて近づく花嫁を見て、和子は腰を抜かしそうに驚いた。娘の入学の準備のために、思い切って金に換えた自分の花嫁衣装が、こちらに歩いて来たのだった。

入学式の記念写真に、スミコは母屋のおばさんが祝ってくれた藁草《わらぞう》履《り》を履《は》き、和子が和服をほどいて縫ったワンピースを着て、胸をはって収まっている。

初めての農村の生活で、一家はさまざまな苦労をしつつも、疎開地で早くもふた回り目の春を迎えようとしていた。

アメリカでは、アインシュタインが、日本に原子爆弾が投下されたというニュースを聞いた。

「Ａｈ、ｗｅｈ（アー、ヴェー）」その時に発せられたアインシュタインのこの短い言葉は、後年、あまりにも広く知れわたった。

ドイツ語の「ヴェー」という言葉は、悲惨、痛み、苦しみを意味し、発音をする時、下唇を軽く噛《か》んで発音する。溜めていた息を吐きだすようにこの言葉を言う時には、やるせない重い気持ちと、心に受けた痛みが一気に外に吐き出される。

原爆の落とされた広島に近い都市で、速が逝《い》ったことを、もちろんアインシュタインは知らなかった。しかしその口から、この言葉が吐き出された時、白さをいっそう増したあのもじゃもじゃ頭の中に、親しかった日本人たちの顔と、あの美しいと思った可愛い景色が去来したことは間違いない。

「ヴェー」は、いつまでもアインシュタインの心に釣針《つりばり》のように引っ掛かった。

## 事件

戦争がいよいよ終わろうとしていた一九四五（昭和二十）年の五月、米軍の日本への無差別攻撃は容赦なく、爆撃機は群をなして飛来しては各地に空襲をくりかえす。五日早朝、福岡県久留米近郊の飛行場を爆撃して機首を太平洋上にあったマリアナ米空軍基地へ向けたばかりの一機のB29に、日本軍の戦闘機が追いすがった。

窓から見えた一機が、みるみる近づいてくると進路を変えることなく後部に機体ごとぶつかった。「カミカゼ」と米兵の誰かが叫び、皆の顔が恐怖にひきつる。そして全員がパラシュートで燃え始めた爆撃機から脱出した。ふらふらと五月の朝空に十一個のパラシュートが広がり、真下の阿蘇外輪《あそがいりん》に沿って降りていく。

体当たりした戦闘機に乗っていた飛行士が一人、山中に落ちて息絶えていた。近くには飛行機の破片が散乱し、当時米空軍に「カミカゼ」と恐れられた単発突撃機「紫電改《しでんかい》」で、自爆が強行されたのであった。発見した村人が、敵か味方か分からないままに岩に打ちつけられた人体に近づいてみると、遺体は幼さを顔に残した日本の少年飛行士であった。丁重に村に運んで安置した。絶える間のない線香のくすぶる中、日本の軍から検視が来たものの、その後秘かに葬られたという。

一方、轟音と共に墜落するB29を仰ぎ見た人々は、パラシュートで降りる数人の米兵を確認した。大急ぎで、手に手に農具や竹槍をつかんで消防団員を先頭に人々はそこへ駆けつけ、米兵たちを捕え、村中の人がぐるりと囲む。

「俺の息子は南方でお前たちに殺されたぞ」

「沖縄で俺の兄弟はやられたげな」

「お前らは毎日空襲ばして、罪もない人ばたくさん殺しよるやろが」

「殺してしまえ」

と口々に叫び、農具や竹で作った槍を振りかざす。

襲いかかる人々に、米兵たちは恐怖におののき命乞いをしたが、その声はますます村人たちの興奮を呼び、今にも叩《たた》き殺しそうだ。

しかし冷静な老人や医師によって、その暴挙は制止された。米兵の一人が自殺をしたが、残った九人は日本の軍隊に引き渡され、あと一人は現在でも行方がわからず阿蘇の外輪深く土に還ったのではないかと言われている。

若い米兵が肩を痛め血を流しているのを見た医師が、

「心配はいらない。私は医師だ」と言いながら、丁寧に処置を施した。

米兵の頬を涙が伝い落ちる。

「先生、ありがとう、ありがとう、先生」と繰り返した。はだけた胸に下げられたペンダントの十字架が、きらりと光った。

それから数日経ったと思われるころ、九州大学の第一外科教授のもとに捕虜となった米兵が肺をやられているので手術してもらえまいかと、軍司令部から連絡が入った。それが、すべての始まりであった。

世にいう「九州大学生体解剖事件」であるが、あたかも捕虜を生きたまま解剖したかのようで、非常に猟奇的である。しかし、最初はあくまでも手術で始まり、だが外科の手術室ではなく、解剖学教室の死体を解剖する場所で行われたため、一連の作業が、この悲劇のネーミングになった。

阿蘇の山中で捕えられた米兵が二人、目隠しをされて連れてこられ、この解剖台に横たえられて、麻酔をかけられた。数人の日本軍人が側に立ち、なかでも一番偉そうな将校が監視をするようにつき添っていた。肺が傷ついたために「肺の摘出術」を行うということで、外科医が執刀して「手術」が始まった。果たして人命を救うための手術であったかと問えば、明らかにそうではない。その頃、肺を摘出する手術はたいへん高度な技術を要し、敢えて行ったこの試みは結果的に、捕虜を使った人体実験であったと言える。本来人を癒す目的であるはずの医療ではなく、許されるべきでないことだ。また輸血するための血液が極端に不足し、これを補う代替血液の研究が熱心にされていて、この機会に代替血液を用いてどのくらい生存できるか否かの実験が他の四人の捕虜にも行われた。その結果、合計八人の捕虜がこの解剖台で死を迎えた。

アウシュビッツでナチスが行った生体実験と比べ、いずれが残酷であったかときくのは、ここで行われた「手術」が麻酔下に施行されたとしても、愚問以外の何物でもない。


八月十五日に戦争が終り、月末には連合総司令官マッカーサーがサングラスに、コーンパイプをくわえた軍服姿でさっそうと厚木基地に降り立った。その時をもって、連合軍総司令部（GHQ）により日本に占領体制が敷かれ戦後処理が始められた。

九州大学の事件に関してすぐさま関係者は捕虜虐待の罪で逮捕、拘束され、厳しい取り調べが始まった。阿蘇山に落ちたB29の機長が一人、捕虜として生き残っていたため、この機長からの慎重な証言の聞き取りが始められた。

捕まったうち、主犯格とされた外科教授は「すべての責任は私にある」と、ことの詳細を書き置きし、拘置所で自ら命を絶った。軍からこの外科へ話を持ってきた軍医は、終戦前の六月末の福岡市大空襲で傷つき、間もなく苦しみながら息絶えている。

事件から三年後、裁判で十一人の軍関係者と十四人の大学関係者が裁かれた。そのうち五人が絞首刑を言い渡され、他は終身刑や重労働刑に処せられた。大学関係者のうち、看護師長がひとり女性の戦争犯罪人となった。

後になって、多くの作家や記者が取材をしようと、この外科教室の関係者に会おうとした。しかし「手術」に関係した人々はもとより、その家族たち、九州大学の医療関係者、阿蘇の山中で捕虜を捕まえた人々も、この事件に関して固く口を閉ざし、語ることを止め、深海の貝のようになってしまった。

「それに触れてはいけない。その人々のほとんどが今は亡くなったし、なんの罪もない家族たちだけが辛い思いをするから」と、残された人々は話をするのを拒絶し続けた。

上層部の医師たちがことごとく逮捕され、がらんとなった九州大学第一外科の、戦地から復員した医師たちと、この外科で学んで独立した同門の人々は、途方に暮れた。このままではこの外科は潰れる。残された人々はたびたび集まっては対策を話し合った。「九州大学にはもう一つの外科があるのだから統合しては」と言う人さえもいた。だが、同門の人々、特に三宅速に直接教えを受け育まれた人々は、どうしても速の創ったこの外科教室を残さなければならないという悲壮な決意であった。

## 継承

戦中であっても学問の灯を絶やさないことは、研究の場にいる人々の責務である。学術集会である日本外科学会は、さすがに終戦の年には参加者なしであったが、翌年一九四六（昭和二十二）年五月には、早くも東京で開催された。死活をかけて食糧の買い出しをする人々で満杯の列車に長時間揺られ、博は学会に出席した。その甲斐があって、翌年に与えられたテーマで研究成果を発表する、宿題報告の指名を受けた。

占領政策の一環で日本の基盤を根本的に刷新しようと、ＧＨＱは国内のあらゆる集会も監視し、この学会にも視察が来た。医学分野においては、これまでのドイツ流医学からアメリカ流へ舵を切ろうと、翌四七年の外科学会では進駐軍の二人の中佐が、特別講演まで行った。

戦いに敗れ、一般の日本人は極度な外人コンプレックスに陥っていたが、博は海外留学の経験もあり、本来の友好的な性格から、会場に来たＧＨＱ厚生福祉局の医官とも臆せず会話をする。

その中の一人、バーゲンという医官が「ドイツ語が話せるのですか」と、にこにこしながらきく。博の英語にはドイツ語らしい発音がある。「自分の父母はドイツからアメリカに移り、ちょうどあなたのような英語を話していたから懐かしい」とバーゲンは言う。学会の終了後にバーゲンに誘われ、ゆっくり話をする時を持つと、お互いに親しみを増した。

名前と連絡先を書いたメモを大切にポケットに仕舞い、再び博は岡山へ帰る満員の列車の中に体を押し込んだ。


その年の秋、岡山大学の外科教授室を二人の男が重そうなリュックサックを背負って訪ねてきた。一人は九州大学外科教室の同門会代表で木村三郎、もう一人は北方の戦地から復員間もない若い外科医の秋田八年《はちねん》である。二人は教授室で博に挨拶をすますと、ミカン箱の上に置かれた速の位牌を前に座って頭を下げ、しばらく動かない。木村の前の畳が濡《ぬ》れて、黒いしみが広がる。

やがて、学生時代から教えを直接受けた木村は、師である速の位牌に、まるで生きている人に向かうかのように、膝の上で手を拳骨《げんこつ》で固めたまま、緊張に頬を赤らめて口を開いた。

「先生、先生のお創りになった外科教室が今、存亡の危機に見舞われております。この歴史と栄光の教室は、一部の人間の過ちで、指導者がいなくなりました。彼等は罰を受けるべく、囚《とら》われの身になっております。私どもは、本当のところは一体なにが起こったか分かりません。どうしてそのようになったか、誰も真実はわからんのです。先生、私ども先生の弟子として、今日ここにお詫びを申し上げに参りました。先生、どうか、この不孝、不忠の弟子どもを、お許し下さい」

しばらくの時が流れる。そして再び木村が言葉をつなぐ。

「先生、われわれは真剣に教室のことを考えました。この先、われらの外科を滅亡から救うのは、ここにおります先生の長男、博君以外にはおりません。同門の先輩もこぞって、博君の名をあげました。どうか博君を九州に戻らせて、先生の外科を、この外科を再興させて下さい。何卒お願い申し上げます。私どもは博君の返事を聞くまで、この岡山を動かんつもりです。もし博君が否というなら、私はここで腹を切ります」と、懐から短刀まで持ち出して、ぴたりと前に置く。

ここまで黙って聞いていた博は、あっけにとられた。

「おい、きさま、なんで俺になにも言わんで、いきなり親父の前で、そげんことを言うとか」

学生時代から特別に仲の良かった木村の芝居がかった台詞《せりふ》に、もう少しで噴き出しそうになりながら、博は抗議した。まるで生きている速に、自分の悪戯《いたずら》を告げ口されたかのようで、口を尖《とが》らせる。

木村は膝をぐるりと回して、博に向かい合った。

「三宅博先生。これは同門会の総意です。私は若い秋田と共に、ここに先生の『帰る』という返事を聞くためだけに、やって来ました。何卒、よろしくお願いします」と、深々と礼をした。自分が親友の立場ではなく、同門の代表として来たことを、身をもって告げた。一瞬に博も座りなおし、言葉も硬く木村に向かう。

「私は、ご存じのように戦災で親父を失いました。もちろん母教室の外科が大変なことになっていることも聞いて知っています。しかしまだ親父とお袋の葬式も出せない状態です。親父の死んだこの地で、私は仕事をやりたい、親父に見てもらいたいと思います。それが、親父の非業《ひごう》な終りに対する、せめてもの供養と思っております。

幸いに、終戦をここで迎えた教室員も、復員して戻ってきた人々も、私と一緒に研究を再び始めようと燃えてくれており、一緒にやろう頑張ろうと、みんなで先週も結束しました。お陰さまで、来年行われる外科学会で、宿題報告をするという重責を指名して頂きました。

私は今、ここを離れるわけにはいきません」

ありったけの思いを話す博の言葉は、込み上げる感情でたびたび中断した。

この時木村と秋田の二人が背中に背負ってきた大きな荷物はすべて米と食料だった。焼け跡の岡山市内で細々と開いた宿屋に、宿泊料として毎日少しづつ渡しながら泊めてもらい、朝になると二人は、岡山大学外科教授室の速の位牌の前で、無言で何時間も座り続け、夕方になると宿に戻っていった。

五日目、とうとうたまりかねた博が言う。

「おい、木村、もう勘弁してくれ。少し俺も考えてみるよ」

ようやく九州へ帰って行った木村たちの座った後に、今度は博が座り、連日、無言で速に話しかける。

「どうしましょうか。母校へ帰るべきでありましょうか。お父さんの命も救えなかった私ですが、お父さんがなによりも大切にされた、家族のような同門のために、私は戻るべきでありましょうか」

焼夷弾の硝煙の中で見失った速の後姿を何度も思い浮かべ、昼は呻吟《しんぎん》し、夜はうなされた。

そして、長い間の苦渋に満ちた懊悩《おうのう》のあと、博はついに母校へ戻ることを決意した。

病院はどんなに社会が変わって混乱しても、病む人がいる限り、仕事を続けなければならない。戦争が終わり国は混乱のさなかにあったが、大学の医局にも戦地に行っていた医師たちが戻って、治療に研究に、だんだん元の体制が整ってきた。しかし、手術をするにも、薬はもとよりガーゼや器具が足りず、医療用物資の調達の苦労は絶えなかった。

家族を疎開先に残して、ほとんど岡山大学の中で生活をしていた博も、家族を市内に呼び戻して九州へ移る準備を密かに始めた。家がなく新築する手立てもないので、しばらく大学の教授室に親子四人は間借りして住む。

静かな農村から戻ってくると、焼け野原の岡山の街にバラックの住宅がぼつぼつと建ち始め、町中に軍服を着た、見るからに戦地帰りの男たちが牛耳《ぎゅうじ》る闇の物資を売る市場が、活気をみなぎらせている。大きな音でスピーカーから、「リンゴの唄」や「ずんどこ節」が空虚に、だが力強くながれていた。

一九四七（昭和二十二）年四月、大阪で行われた外科学会で、博は岡山大学の教室員やレントゲン技師が結束して仕上げた研究の発表を行った。そしてその成功を祝う席で、岡山大学の外科で働く人々に、博は九州大学へ戻らなければならなくなった、と初めて告げた。戦地で気持ちが荒《すさ》んだ復員の医師たちが怒鳴る。

「なんだって。先生は俺たちを見捨てる気か。俺たちと一緒にこの外科でがんばろうと言ったじゃないか。許せんなあ」

なんと言われようと、博はただ頭を低くして聴いている。

「どうしても九州へ行くというなら、これを一気に飲んでみろよ。そうしたら、俺たちも納得しよう」と、博の前に大きなうどん鉢をどんと置いた。中にカストリとかバクダンと言われる闇市で調達した酒が、なみなみと注がれる。酒と言えば聞こえは良いが、終戦直後のこの種の酒は、メチル・アルコールが混ざっていて、命にかかわることもあった。

同席した人々は、博が下戸《げこ》で一滴の酒も飲めない体であることを百も承知で、どうするか固唾《かたず》をのんで見守った。

衆目の中、博が、あっという間に鉢を両手で持ち上げ、一気に喉に流し込む。びっくりしたのは、そこにいた人々であった。

「胃洗滌《いせんじょう》の用意しろっ」と、口々に叫びながら、目を回してひっくり返った博の体を、外した板戸を担架にして手術室にかつぎ込む。博の命がけの決意を、岡山の外科教室の人々もようやく理解した。

## 死を悼む

九州大学に戻る決心をした後、岡山大学の教授室でひそかに荷物整理をしていた博は、速から預かっていた風呂敷包みに気づいた。速が芦屋から岡山に来てすぐに、これだけは大学で預かっておいてくれないかと渡されたもので、「三宅速私物」という荷札がくくりつけられていた。そっと風呂敷をほどいて大切に包まれた中身を見た博は驚く。いくつかの医学的な文書や速の日記などと一緒に、アルベルト・アインシュタインとサインがある手紙の束が出てきたのだ。

「そうだ、アインシュタイン博士に父の死を知らせなければならない」

ふと博は、外科学会で親しくなったドイツ語のできるGHQのバーゲンを思い出した。文部省に転勤の手続きをするため、もう一度上京しなければならない、その時に彼を訪ねて頼むことにしようと思う。

バーゲンと会った博は、アインシュタイン博士と自分の父親の船上での物語を話した。そして親交のあった博士に、父の死を知らせなければならないが、博士がアメリカへ亡命された後、その所在がわからないと結んだ。

しばらくじっと聞いていたバーゲンが、口を開いた。

「アインシュタイン博士は、今プリンストンにおられます。実は私もユダヤ系で、博士はわれわれにとって誇るべき方です。われわれユダヤ民族は間もなく国を作るでしょう。博士には大統領になって頂こうとみんな思っています。

あなたの父上と博士の親交のお話は素晴らしい。父上が亡くなられたことを知ったら博士は、さぞかし嘆かれるでしょう。私は、来週ちょうど本国のワシントンに帰らなければなりません。プリンストンはワシントンからそんなに遠くありませんから、私が博士にお知らせしましょう」

占領下の日本では、開封された手紙には、GHQに検閲された大きなハンコがペタンと押された。父の死亡通知を誰かに見られた状態でアインシュタインに送りたくないと、博は考える。そしてバーゲンの申し出に心から感謝し、用意してきた手紙をバーゲンに託した。

この博が書いた手紙は現在はイスラエルのヘブライ大学の資料館に、アインシュタインの遺品の中のひとつとして保管されていて、この手紙のコピーも、昨年速の生誕地徳島県美馬市で催された「アインシュタインLOVE」の展覧会で展示された。
一九四七（昭和二十二）年二月十三日付けの博の英語の手紙には、タイプライターで次のように書かれている。
**《アインシュタイン教授ご夫妻様、これまでの寒々とした戦いの日々を、如何お過ごしでいらっしゃいましたでしょうか。今ではお障りなく、平和にお暮らしのことと拝察します。**
**私の両親は、一九四五年六月二十九日午前二時半から四時にかけて行われた爆撃により亡くなりました。その思いがけなくも悲しい最期を、あなた様にお伝えしなければなりません》**
長年の両親への厚誼《こうぎ》に対する礼を丁寧に書いた後には、日頃は図々しいことを最も嫌い、万事控え目な博が、次の文をつけ加えている。
**《さて、一つお願いを申し上げることを何卒お許し下さい。あなた様に、両親の墓石に刻むお言葉を賜ることができましたら、両親はいかばかり喜び、満足して永眠することができるかと思うのです》**
この思い切った手紙の、ことに後半の厚かましいのではとさえ思える願いを、世界的大学者にぶつける勇気はどこからわき出たものであろうか。

この決断は、あの戦火の下で命を救うことができなかった息子が、考えに考え、悩み抜いた挙句《あげく》に、非業な最期を遂げた両親にできるたった一つの親孝行であった。

バーゲンから博の書いた手紙を受け取り、蒼く大きな目を開いて読むアインシュタインの口から、その時も「アー、ヴェー」という言葉が漏れたのではなかろうか。

この戦争で日本の友人が、戦争のために、爆弾によって不慮の死を余儀なくされるに至った。あのように一生懸命医学を学び、年を重ねてから、静かに仲良く暮らしていた夫婦が、天命を全うする前に、国が起こした戦いで亡くなった。

アインシュタインは、すぐさま返事を書いてバーゲンに渡した。

再び来日したバーゲンから、三月三日付けのアインシュタインの返信が送られてくると、博は急いで開封した。タイプライターで打たれた数行は、所々タイプミスを手書きで正してあり、その行間にはアインシュタインの息遣いさえ聞こえる。

この手紙も、同じく現在ヘブライ大学にコピーとして残されている。

**《ご両親の悲惨なご最期を伺い、心よりお悔やみ申し上げます。ここにお二人のお墓に刻むように、お申し越しの墓碑銘を同封しました》**

もう一枚の薄いタイプ用紙には、英語とドイツ語で次の言葉が記されていた。

《Hier ruhen Dr.Hayari Miyake und dessen Frau Miho Miyake.
Sie wirkten vereint für das Wohl der Menschen
Und schieden vereint als Opfer von deren Verirrungen.

English translation:
Here lie Dr. Hayari Miyake and his wife Miho Miyake.
They worked united for the welfare of man
And departed united as victims of his folly.

Princeton N.J.USA
March 3,1947　　Albert Einstein.》
（以上原文のママ）

ここに　三宅速と　その妻　三宅三保が眠る。
彼らは共に　人類の幸せのために尽くし
そして　共に　その人類の過ちの　犠牲になって逝った。

米国プリンストンにて　一九四七年三月三日
アルベルト　アインシュタイン

## 汚名の挽回

博は迎えのために再びやってきた九州大学の秋田と、家族を伴い岡山駅から博多へ向かう列車に乗った。医師や看護師、放射線の技師や雑役の人々まで、大勢が名残を惜しんで涙ながらに見送る。

　博の膝の上には、速から託された風呂敷包みの中に、バーゲンが届けてくれたアインシュタインの悔やみ状も大切に入れられ載《の》っている。秋田の空のリュックサックには、速が芦屋から持ってきて岡山大学で預かっていた時計が入れられて、歩くたびにコチコチと悲しげな音を立てた。


　一九四七（昭和二十二）年十月まだ薄暗い朝、九州大学医学部の戦災を免れた第一外科の建物に入ると、三宅博は昔そのままの消毒薬と少しほこりの臭いがする空気を吸った。だが以前の活気はどこにもなく、玄関には米軍の憲兵ＭＰが仁王立ちに銃を構え立っている。階段を上って二階のフロアまであと二段という所に足をかけようとしたら、ＭＰの抱えた銃に無言で行手を遮られた。

「私は、新任の教授で自室に行くところだ」

　博は父親似の小柄ではあるが、張りのある声で力強く英語で告げた。ＭＰは黙って道を開く。「私の父の創ったこの外科を立て直すために、岡山からここに来た」という言葉を言いたかったが、胸に収めてかつて父のいた部屋に入る。

教授室で、大きな机に向かって座った。二十年前にここに座り医学研究をしていた速の椅子に、父の温もりを感じた。腕を組んで考えている博の後で、カタカタと小さな音がする。振り返るとガラスのケースの中に吊《つ》られた骨格標本の骸骨《がいこつ》が微かに揺れていた。この全身標本は速がドイツから持って帰って来たもので、この人がどのような経緯で医学に貢献することになったのかはわからないが、博よりも長く速と共にこの部屋で過ごしたことは確かである。その骨だけの人の微動を、今は速のささやきと博は聴く。

「おまえの思うようにやればよい」。


このようにして九州大学に転勤して来た博は、まず第一外科の建物の中のMPたちをなんとか引き上げてもらえないかと、診療を終えた午後の時間に占領軍のオフィスへ日参した。いかめしいMPが立つ連合軍の九州司令部の玄関を柔らかな笑顔で博は入っていく。

英語はあまり得意ではないが、ともかく陳情を繰り返すことが肝心だと思う。何度も通ううちに顔を覚えられ、やがてアメリカ人独特の人なつこい声で「ハーイ」と声がかかるようになった。ある日、いつものように司令部の階段に足をかけた時、急いで降りてくる人とぶつかりそうになった。「失礼」と言いながら顔を見ると、あのバーゲンで、お互い肩を抱き合い再会を喜び合う。転勤になった彼のおかげもあり、MP撤退交渉は順調に成功した。その後、博はアインシュタインとの懸橋《かけはし》となってくれたバーゲンに感謝をもって、自宅に招くなど厚くもてなした。

赴任した博にとってもう一つ気がかりなことがあった。それは、夕方近くなると、外科のどこにも医師の姿が見えなくなることである。午前中の診察が終わり、昼を過ぎると病棟はよどんだ空気が漂い、そこに働く人々の活気がまったくなかった。なにかに怯えているようで、目が患者に行き届いていない。地下の研究室に行ってみてもがらんとしている。いったい外科医たちはどこへ行ったのだろうと思いつつ、レントゲン室を通り過ぎようとした時、中から人の声が聞こえた。

分厚いカーテンを開けると、もうもうとしたタバコの煙の中に床に座った医師たちが麻雀を囲み、囲碁や将棋に興じていた。

博が入ってきたことを知って驚いてこちらを見る医師たちを、静かに見ていた博はしばらく沈黙のうち、一言も発しないで出て行った。

かつて、自分がこの外科に勤め始めた頃、たまたま速が研究室を訪れたが、誰もいないことがあった。速はチョークをとって、黒板に大きく書いた。

《顕微鏡や実験器具が、寂しがっているよ》

新参の自分には、まさか速の真似はできない。自室の机に座りじっと考えていたが、やがて思いついたように外に出て、この建物の裏庭を見回した。そこは腹の足しにするため皆が芋やカボチャを作る畑となっているが、収穫を終え今は、なにも植わっていない。

「ここはかなり広い。充分だろう」と独り言を言いながら、何度も頷《うなず》いた。

翌日、博は医療業務を終えると、再び裏庭に立った。そして大きな掃除用のざるを持ち出し黙々と一人で石を拾い、草を抜き始めた。それを見た清掃係の老人と通りかかった賄《まかな》いのおばさんが、博と一緒になって小石を拾う。その数が四〜五人に増えたところで、なかの一人がおそるおそる博に質問した。

「先生は、ここで草抜きしてなんば作られるとですかねえ」

「テニスコートを造ろうと思ってな。いつできるか分からんが、毎日こうして少しづつやっとると、そのうちきれいになるだろう」

にっこりと微笑む博に、人々は「この先生は、良かお人じゃ」と思わず笑みを返す。

日を追うごとに一緒に働く人が増えた。博は学生時代からテニスが好きで、昔のテニス仲間で自宅にもコートをもつデパートの経営主、中牟田喜一郎を訪ねた。そして「コートを均《なら》すための道具やローラーを貸してもらえないだろうか」と頼んだ。

博の主旨を聞くと「そりゃ、いいねえ。できる限り手伝いますよ。ようやく家《うち》もテニスを始めたばかりですが、やはり気持のよいものですな。古い昔のラケットやボールも使って下さい」と、喜んで引き受けてくれた。中牟田夫人はかつて日本一の女子選手で、有名プレーヤーを次々輩出した加茂一家から嫁いでおり、テニスを愛すること人一倍の夫婦であった。

翌日から、中牟田が運び込んでくれた道具で、外科医たちだけでなく、看護師たちも暇があると庭に出て、テニスコート造りに精を出すようになった。こうして暗いレントゲン室の遊戯から太陽の降り注ぐ下に、多くの教室員を引きずり出すことができた。これまでラケットも握ったことのない人々が、テニスができなければこの外科の医員にあらずと、胸を張るまでになっていった。

テニスコートでの柔和で朗らかな博は、ひとたび勉強や治療、研究や手術の場になると、厳しい鬼のようであった。朝の回診では、一人ひとりの患者の状態を、主治医がどのくらい把握しているか質問する。看護師はもとより患者のいる前でも構わず「この人の苦痛はなにによって起こっていると考えるか。それをどのように診断し、治療していくつもりか。その学問的な根拠はなにか」など、容赦なく切り込んだ。少しでも勉強不足があると、「君の怠慢は医者にとって痛くも痒《かゆ》くもないだろうが、患者さんにすべて降りかかる。力いっぱい治療しなさい」と厳しくただす。自分自身も時間があると、最新の海外の文献に目を通した。

手術室では、鉤《こう》の掛け方が悪い、立っている位置が術者の邪魔になると、メスの背で手を打たれたり、足で蹴飛ばされた医師もいた。

帰宅しても患者の急変を聞けば、真夜中に唯一の交通機関であった自転車を三十分もかけてこぎ病院まで出かける。夜の九時には毎晩、当直医から病棟の報告を受ける決まりを作り、納得のいくまで病棟の様子を聞いた。

このような厳しい教育を徹底して行ったが、医師や看護師たちは博を憎むことなく、返って慕うようになり、研究も臨床も前向きで積極的になっていった。不幸な事件で存亡の危機にあった第一外科の戦後は、ようやく始まった。

しかし、家に戻り仏壇の前で毎晩のように両親の骨壺に向かい博は呟《つぶや》く。

「このやり方でよろしいのでしょうか、お父さん。私はまだお二人の葬式も出しておりません。墓も作っておりません」

骨壺は、博が九州に赴任して間もなく池田の寺から自宅へ運び茶の間の棚に安置し、博は両親を身近に感じながら納骨の時を考えていた。

アインシュタインから贈られた墓碑銘が、速たちの墓石に刻まれ建立されたのは一九五四（昭和二十九）年、終戦後つまり速たちが亡くなって九年の歳月が去ろうとしていた五月であった。

博が全身全霊で行ってきた外科再興はようやく軌道に乗ってきて、研究に臨床に、そしてテニスに、外科教室は一丸となって博と共に結束して燃え始めた。着任以来、創始者の速が目指した「人を癒すための医療とその研究」のために、教室を元の姿に戻すことに夢中で取り組んできた博は、ようやくその手応えを感じつつあった。そして、ついに父母を生まれ故郷の徳島に埋葬し、安らかに眠ってもらう時がきたかと思う。

戦後十年近い歳月が去っているとはいえ、世の中はまだ騒然としており、始まったばかりのテレビ放送では連日、血なまぐさいニュースが報道されていた。自衛隊が発足すると、「わが国は再び軍備はもたない、戦争は放棄する」という平和憲法に違反するのではという激しい議論が起こり、軍隊ではない軍備についてのあり方や、憲法第九条の平和宣言についても、激論が交わされた。

この年の三月、南太平洋上の美しいビキニ環礁でアメリカの水素爆弾実験が行われ、その周辺でおよそ三万人が被害を受けたことが判った。なかでも近くで漁をしていたマグロ漁船・第五福竜丸の船員二十三名が被爆し、獲った魚からも放射能が検出された。この船の無線長であった久保山愛吉が「水爆で死ぬのは私を最後にしてほしい」という言葉を残して犠牲となり、その恐ろしさに社会は騒然となった。核の被害者が、またしても日本人であったために、核反対ののろしは日本各地で上がる。

核実験は、その所有国によって人が住まない砂漠や大海で行われたが、まさか実験で被爆者が出て後遺症の果てに人命まで奪われるとは、実験を行った当事者たちは想定していなかったようだ。広島や長崎で被爆した多くの人々が、後遺症に悩まされ、体調を崩しながら暮らし、ついに心身ともにむしばまれていることも、理解しようとしなかった。

ところが第五福竜丸の悲劇は、当事国アメリカや他の周辺の国々にも起こっていたのである。例えば、アメリカ西部の砂漠で行われた核実験は、その後に同じ砂漠で映画を撮影したため、多くの俳優が後年癌に侵され、亡くなるという悲劇も生んでいる。

## 墓碑銘

平和な徳島の山間に位置する美馬市は新緑に萌え、吉野川の流れが望める。夏になると荒れ狂うこの川を鎮めるために植林された竹林が、両岸に連なり、家々の屋根に「うだつ」の上る街並みの脇町が向こう岸で、こちら側は藍の畑が広がる三島村舞中島である。そこに速の生家があった。

舞中島の小さな光泉寺は、朝から興奮した人々で賑わっていた。村始まって以来の大行事である。

「お墓は誰のですかいな」

「アインさんという外人さんのやそうや」と、畑の向こうで年寄りが話している。この種の誤解は後を引いて、翌年には村の入口に立てられた大看板に墓の方向を示す矢印と共に「アインシュタインの墓」と書かれ、博が慌てて取り除いてもらった。現在では徳島県の観光スポットの一つとして「アインシュタインの友情碑」と情報誌にも載っている。

この竹林がこんもり茂る小さな寺の狭い道を、多くの外科医たちを乗せた大型バスが二台やって来た。いずれも速の門下生や外科学会にゆかりのある人々である。埋葬式というより事実上の葬儀を催そうと、博は速と親交のあった人々に広く案内を出した結果、思ったよりも多くの人々が全国からこの辺鄙《へんぴ》な所に集まることになった。

小さな畳一畳ほどの大きな石を横にして、鮮やかに彫られたたおやかな文字は、アインシュタインの筆跡である。

プリンストンからはるばる来たこの墓碑銘を墓石に表わすに当たって、タイプで書かれた数行を見ながら博は悩んだ。独文と英文の二種類の言葉が送られてきたが、速とアインシュタインが交わした言語であるドイツ語の方を刻もうと、早くから決めていた。だが、さてその書体をどうしようかと思い悩む。クラシックなドイツの亀の子文字は確かに風格は出るが、この先この字を読める人はいなくなるであろう。かといって、タイプライターの字体ではなんとも殺風景で味がない。もっと温かで、アインシュタインの心が表れるような、そんな字体はないものか。

思いのいきつく所は、やはり速が長年アインシュタインからもらった手紙の筆跡が一番だと思う。だが今さら、「頂いた墓碑銘を手書きで書き直して下さい」とは頼めないだろう。そこで、博は墓碑銘の中にある単語を、速に来た手書きの手紙の中から探し出してみようと閃《ひらめ》いた。

夜、すべての病院の仕事を終え、金庫から例の風呂敷包みを取り出して教授室の机にアインシュタインの手紙を順に広げる。一語、一語、目を皿のように開いて調べ始めた。手紙だけではなく、速がもらっていた手書きの原稿などにも目をやって探す。

夜が白々と明け、ガラス窓に曙光《しょこう》が射し始めた。アインシュタインの手紙の上にきらりと朝日が光り、博は久しぶりに徹夜をしたことに気づく。

「あったぁー」溜息と共に、満足な笑みがひとりでにこぼれた。全部の単語がアインシュタインの書いたものの中から見つかったのだ。

さて次の仕事は、この単語をつなぎ合わせ、形を整えなければならない。現在なら、単語のある文書をスキャンをして取り込みコンピューターで画像処理すれば、慣れた人なら一時間もあればできる作業である。だが当然ながら当時は、コピー機もスキャナーもないし、ましてコンピューターはずっと先の、未来の夢の世界であった。

その日の午後、博は一人の教室員に自室に来てもらった。香月武人《かつき》は外科医としてわずか二年目の自分に、教授自らの呼び出しがあるとは、いったいなんの用かと緊張してそっと分厚いドアをノックした。

思いがけずやさしい声の博が言う。

「君は学生時代から写真を撮るのが上手いそうだねえ。そういえば、この間の学内の運動会の写真は本当によく撮れていたよ。今日来てもらったのは、個人的な仕事で済まんが、ちょっとこれを見てくれんかねえ」と、タイプで書かれた欧文の手紙と、束になった古い手書きの手紙を机の上に広げ指差した。

「このタイプ書きの独文の単語が全部で、三十語くらいあるんだ。これをこの手紙の中から私が拾い出して、鉛筆で印をつけておいた。こちらの方のタイプ書きの単語を、すべて手書きに置き換えたいと思っている」

要するに博の頼みは、手書きの手紙の中から博が拾った単語をカメラで接写して、同じ大きさに印画紙に焼きつけ、更にそれを単語だけ切り取り、つないでタイプで書かれた文と同じに並べ、一つの紙の上に仕上げるという作業をやってくれないかということであった。しばらくじっと考えていた香月が声を出した。

「やらせて頂きます」

「くれぐれも病院の仕事や君の研究の邪魔にならない時間にやって下さい」あわてて博がつけ加える。

この文書は、決して室外へ持ち出してくれるなと言われ、香月はその夜から接写の装置を担いで教授室に通った。博の見込んだ通り、香月は見事に仕事をやり遂げた。

最後の文字の「アルベルト・アインシュタイン」を、レンズ越しに見て香月は驚く。これらの文書が、あの有名なアインシュタインによって書かれたとは、それまで夢中でカメラをのぞいていたためにまったく気づかなかった。


苦労の結果、できあがった墓石が建てられて半世紀が経ち、博は九十年の生涯を終えようとして、言い残した言葉がある。

「私は父と同じ道を、父の後ろ姿を見ながら懸命に追いかけた。だが到底、父にはほど遠い。もうすぐ私も父の所に行くが、そうしたら私の墓は父の後ろに建ててくれないか。そして墓石は父のものより小さくして、名前のほかなにも書かないでほしい。私は父よりも、ずっと小さいものだから」

そして見舞いにきた娘に墓石のできるまでの話を、初めて物語った。その時まで、博はどうやって墓碑銘をアインシュタインにもらい、どうやって墓石を作ったか、誰にも話したことはないという。香月もまた博と同じく、自分が原文の写真を撮って、それを墓石用に編集したことを他人に話すことはなかった。

## 平和を祈る

ドイツにいる頃から、学者たちの提唱する平和運動にのめりこんでいったアインシュタインは、誰よりも平和を祈り続けた一人である。

シラードが用意し、米国で原子爆弾を開発することを結果的に勧める手紙に、長い時間をかけて迷った挙句にサインをしたのは、意に染まない人々をこの世から絶滅しようという恐ろしい企てを、今、阻止しなければ大変だと思ったからだ。狂暴な一団がそれを開発する前に、なんとしてもアメリカで開発を進めなければならないと理解したからであった。

だがよもやこれを使って多くの人々を殺傷することはなかろうと固く信じ、ナチス・ドイツより先に開発することが、狂気の指導者に引きずられる国に対する抑止力になると願ってサインした。

あの時から歳月は容赦なく過ぎていく。日に何度か、原子爆弾の想像を絶する殺傷力を思う時、急に言い知れぬ恐怖が襲ってきて、アインシュタインはめっきり白くなった頭をぶるぶると振り、思いを払いのけた。

体調を崩したことも影響して、アインシュタインは建国間もない祖国イスラエルの二代目の大統領就任の要請を断った。そしてますます平和という問題を、学者たちと共に真剣に推し進める運動に全力を注いでいった。

日本初のノーベル賞受賞者となった湯川秀樹は、アインシュタインと戦争前に初めてアメリカで出会ったが、その時は大物理学者と三十歳そこそこの若い学者との話の接点がなかった。親しく話をするようになったのは、湯川がプリンストンの研究所に客員教授として赴任した一九四八（昭和二十三）年からである。アメリカで二度目の再会を果たした時、アインシュタインは湯川の手をとり、大きな目にいっぱいの涙を湛《たた》えながら、こう言った。

「核兵器全廃のために、私たちは全力をあげようではありませんか。それには、世界がひとつになることです」
湯川自身も後年、平和運動に深い理解と積極的な関与を始めたが、とりもなおさずこの偉大な物理学者アインシュタインと、学問的かつ人間的な共鳴を感じたからで、その影響が大きいと言う。

秋が忍び寄り、一九五二年（昭和二十七年）のプリンストンへの並木道に木の葉が舞い始めた。アインシュタインが郵便箱を覗くと、日本からの封書も一通入っている。この差出人の改造社はアインシュタインの日本講演を企画した出版社で、他の郵便物と一緒に書斎机に置いた。そして使い慣れたペーパーナイフで封を切り、まずこの手紙を読み始める。

目を紙面に走らせるうち、アインシュタインのこめかみに青筋がくっきりと立つ。雑誌『改造』の編集長の名で書かれた、それは一種の詰問状であった。

**《あなたは原爆の凄まじい破壊力をご存じでありながら、何故その製造に協力なさったのですか》**

便せんを持つ手がぶるぶる震える。同封されていたものは、『アサヒグラフ・原爆被害特集号』で、掲載された被害状況が生々しい写真は、日米講和条約がようやく提携され日本での公開が初めて許されたもので、原爆投下直後の広島・長崎であった。

最後まで目を通し終えると、すぐさまペンをしっかりと握り力を込めてアインシュタインは返事を書く。

**《この計画の成功が人類にとって恐るべき危険であることを、私は十分承知しておりました》**と、自分がなぜルーズベルト大統領への書面にサインをしたか、人類の危機をどのように感じて決断したかを真摯《しんし》に説明した。

このアインシュタインからの手紙は翻訳されて朝日新聞に掲載されたが、母国語を異にする文書の翻訳は原文を読み合わせるといささかの齟齬《そご》が生じてくる。したがって翻訳による言葉の表現は正確に真意が伝わるかどうか、甚《はなは》だ心もとないと、アインシュタインがかねがね懸念した通りの事態が起きた。「アインシュタインの弁明」と題した記事は、書かれた心情が伝わらないのか、それに対する過剰な反応が連日新聞の投書欄を賑わし、なかには「アインシュタインは日本人に謝罪すべきである」という過激なものまであった。

これを聞いたアインシュタインは「戦争において責められるべきなのは、いずれの国も同じで、日本も罪を犯さなかったとはいえないだろう」とも述べている。いずこの人間も戦争という大義名分をつけて大きな過ちを犯す。それはアウシュビッツでも、速の作った九州大学の外科において起ったことも同じである。だから今、日本に「謝れ」と言われてもアインシュタインは困り、それよりもこの先、どうやって誠実に平和を促進していくかの方が大切ではないかと言いたかった。

翌年一月には追い討ちをかけるように雑誌『改造』の元編集者であった篠原正瑛《しのはらまさひで》からも「大統領への手紙にサインをしたことは、間接的に戦争に賛成したこと」という手紙がきた。ドイツ語に秀でた篠原は、先に『改造』の現編集長の名前でアインシュタインに出した手紙とその返事の翻訳者ではないかとも言われている。

アインシュタインは、「事情をよく理解しないで人を責めるのはよくない。なぜ自分の考えを理解してもらえないのか」と悲しい。

人の手紙の裏にいきなり返事を書くという行為はよほどのことであるが、篠原の手紙を裏返してアインシュタインは返事を書いた。このあと二年間で六通も、アインシュタインと篠原とは核兵器や平和に関する激しい議論の交換をした。自分が痛みに感じている箇所をきりきりと攻める相手を、無視するのではなく、真面目に返事を書く態度は、真実を追及する学者の姿勢以外のなにものでもない。そして体調を壊し体力の衰え始めた状態であるにもかかわらず、平和という目的のために、目をそむけないで懸命に応え反論を重ねた人の偉大さが見える。

翌年の梅雨真っ盛りの頃、プリンストンから篠原宛の手紙には、アインシュタインの決然とした、平和への姿勢が示されている。

《…あらゆる場合に、私は暴力に反対します。…日本に対する原子爆弾の使用を、私は常に有罪だと判定しています。…ドイツ人に対する原子爆弾の使用を是認するというようなことを、私は主張したことはありません。

しかしヒトラー統治下のドイツだけがこの武器を所有することは、無条件に阻止しなければならないと、私は信じていました》

悩みを重ねて恐怖に押しつぶされそうになった挙句に行った苦渋の選択を、なぜ理解してもらえないのだと、再び真っ暗闇に突入した思いがアインシュタインを悩ました。

アインシュタインから篠原宛に出された書簡はすべて、篠原の死後に遺族により広島原爆記念館に寄贈され、大切に保管されている。その後もアインシュタインは核廃絶、世界平和のため懸命な運動を展開した。

それから半世紀が過ぎた二〇〇九（平成二十一）年四月五日、チェコのプラハでアメリカのオバマ大統領は、歴史上初めて核兵器を使用した唯一の国として、道義的な責任に言及し、核兵器の保有国として、核兵器のない世界の実現を追求していくと明言した。

# エピローグ

一九五五（昭和三十）年イギリスのノーベル賞受賞者バートランド・ラッセル卿は、このところ水素爆弾の核実験が次々に行われている状況に、

**《疑いもなく、水爆戦争では大都市が抹殺されてしまうだろう。……私たちは人類に絶滅をもたらすか、それとも人類が戦争を放棄するか？》**と強い懸念をもって、ラジオ放送などのメディアで、警鐘を鳴らし始めた。そして世界のノーベル賞受賞者を中心とした科学者たちに呼びかけ、広く平和を訴えることにした。この平和宣言文には、ライナス・ポーリング、ジョリオ・キュリーなどの他に、アインシュタインと湯川秀樹も名を連ね、十一人が署名をしている。

決議文には次の文章が示された。

**《核兵器が人類の存続を脅かしている事実からみて、われわれは世界の諸政府に、彼らの目的が世界戦争によって促進されないことを……。彼らの間のあらゆる紛争問題の解決のための平和的な手段をみいだすよう勧告する》**

アインシュタインがこの宣言文に自分の名を書き入れたのは、四月十一日であるが、その三日後に体調の不良を訴え、入院した。

病室に横たわってアインシュタインは付添いの看護師にこう言った。

「私が死んだら荼毘に付しておくれ。そして大西洋に流れ出る、あのデラウェア川に流しておくれ。静かに、ひっそりと。約束だよ。いいね」

首を傾げて看護師が、やさしく聞き返す。

「先生、ごめんなさい。私、ドイツ語が解らないんです。英語でおっしゃってくださいませんでしょうか」

満ち足りたように幽かに微笑み、アインシュタインは静かに目を閉じた。

巨大な星が落ちたのは、平和宣言文に署名して七日後の、四月十八日であった。

速の墓碑銘にアインシュタインが心をこめて書いた「人類の幸せのために尽くし、人類の過ちの犠牲になって逝った」という一文は、間違いなくアインシュタイン自身のための墓碑銘でもある。

# おわりに

子供のころ祖父、三宅速《はやり》の墓に、なぜアインシュタインの名前が彫ってあるだろうと、不思議だった。学校で「アインシュタインって、ウチのお祖父ちゃんの友だちなの」と言ったところ、その場が白け、以降アインシュタインを私の中に封印した。

後に夫と共にドイツで暮らし、それ以来の親友であるクラース夫妻（Prof.&Mrs.Ernst Kraas）が二十年ほど前「ベルリンの壁がなくなって、ようやく東西の往来ができるようになったから東ドイツのポツダムへドライブしよう」と誘ってくれた。そこでフリードリッヒ大帝のサンスーシー宮殿を振り出しに、アインシュタイン・タワーと呼ばれる物理学研究所、そして郊外のアインシュタインがドイツで住んだ最後の家を訪れた。当時いずれも手入れが悪く、むしろ荒廃していたが、観光のための開発がなされていない分、創建当時の雰囲気が感じられた。

私たちはアインシュタインの家で、かわりばんこに大物理学者の書斎の窓際におかれた机に向かって座り、かつてこの家の主がその窓から眺めたであろう同じ光景の、はるかに湖と森が穏やかにきらめく様子を見た。翌日、ベルリン市内の書店で偶然に『アインシュタインのための家』という分厚い本を見つけた。その少し後に、たまたま私の長男が留学した南ドイツのウルム市がアインシュタインの生誕地とわかると、ますます見えない糸に引き寄せられるように「縁」を感じ始めた。

生前の父の三宅博と叔母の高岡富子に、アインシュタインと祖父との関わりはたくさん聞いていた。戦争で失わなかった写真や家族間の手紙などをコピーしてくれたり、話を聞かせてくれたテープを残し、二人はそれぞれ数年前に祖父のもとに旅立った。祖父自身は日記を書き残したが、そのわかり難い字をワープロで起こし出版した兄の三宅進の努力には脱帽する。空襲を共に生き抜いた従兄の螺良英郎からも、あの時の話が聞けた。

二〇〇八（平成二十）年に徳島県美馬市で「アインシュタインLOVE」というシンポジウムが行われ、そこで、イスラエルのヘブライ大学に保管されているアインシュタインの遺品のノーベル賞のレプリカや、多くの文書のコピーが展示された。その中に、アインシュタイン宛に祖父が送った一通の手紙が含まれていて、私は生まれて初めて祖父が書いたドイツ語の手紙を、ガラスケース越しに見ることができた。

その頃、ベガー夫妻（Prof. & Mrs.Hans G. Beger）はじめドイツの友人たちが「アインシュタインと祖父の友情物語を書くべきだ」と積極的に勧めてくれ、本書の執筆に取り掛かった。

プリンストン大学にあるアインシュタイン自身の日本滞在日記を読み解いた金子務氏が『アインシュタイン・ショック』という正確かつ客観的に書かれた研究書を上梓されている。今回の執筆に参考にさせて頂くことを金子氏は快く承諾して下さり、心より感謝申し上げる。またアウシュビッツ・ミュージアムの公式案内人、中谷剛氏には、ホロコーストに関する懇切な教えを受けた。

加えてこの仕事を終えるに当り篤くお礼を申し上げたいのは、物理学に関して徳島大学素粒子論研究室の日置善郎氏と同総合科学部の三好徳和氏、貴重な資料を提供して下さった方々、すなわち「アインシュタインLOVE日本事務局」の門傳章弘氏、広島平和記念資料館の大瀬戸正司氏、アインシュタインの家管理事務所諸氏、日本郵船歴史博物館の野崎利夫氏、矢後美咲氏、九州大学OBの香月武人氏および佐藤裕氏、栄屋のご親族近藤真理氏、そして有形無形の後押しを頂いた美馬市の牧田久市長と市役所スタッフの方々、三島中学校の渡辺博子氏や教師および生徒の皆さん、友人の今村孝夫妻と夫の比企能樹である。その他にもさまざまなお力添えと好意でようやく筆が置けた。

振り返ってみるとそもそも私が物を書き始めたのは、加藤恭子氏のご指導によるものである。上智大学コミュニティー・カレッジで「ノンフィクションの書き方教室」を始められた時から参加させて頂き、おそらく加藤門下の最古参と自負している。以来、講談社の『本』を皮切りに、春秋社には格別お世話になり雑誌『春秋』に毎年エッセイを書かせて頂き、また十年前に『引導をわたせる医者となれ』という祖父のことを書いた本の出版をして下さった。その後、中央公論新社でも三冊を上梓できたのも、加藤氏の熱いご指導があってこそであり、そのご恩は尊い。

一昨年、『文藝春秋・特別版』で飯沼康司氏が「私は日本のここが好き」というテーマの特集を組まれた。そこで加藤氏はじめその門下生たちが取材、執筆したが、このヒット企画を、同名の一冊の本として出版して下さったのが、出窓社の矢熊晃氏である。そのご縁で今回、矢熊氏という名指南役を得て本書が完成したことは本当に幸甚であった。

改めて、本書を出版するにあたり長い道のりでお世話になった皆様に、心よりの感謝とお礼を申し上げたいと思う。本当にありがとうございました。

比企寿美子

二〇〇九年六月二十九日払暁

## 参考文献（和書は50音順、洋書はアルファベット順）


アイヘルブルク、ゼクスル編『アインシュタイン—物理学・哲学・政治への影響—』岩波書店（1979）

穴吹町誌編纂委員会『穴吹町誌』穴吹町（1987）

伊関九郎編『第日本博士録』発展社（1927）

遠藤周作『海と毒薬』文藝春秋（1958）

大村敏郎『近代外科の父・パレー第一章わが国の近代外科のルーツをさかのぼる』日本放送出版協会（1990）

岡山市誌編集員会『岡山市誌』岡山市（1960）

小川鼎三『医学の歴史』中央公論社（1964）

金子務『アインシュタイン・ショック』河出書房新社（1981,1991）

上坂冬子『生体解剖　九州大学医学部事件』毎日新聞社（1979）

北村勝俊『学生三宅速のノート』月刊臨床と研究74（6）（1998）

鬼頭鎮雄『九大風雪記』西日本新聞社（1948）

九州大学医学部第一外科同門会『九州大学第一外科百年史』九州大学医学部第一外科（2005）

仙波嘉清『生体解剖事件』金剛出版（1963）

高梨光司『佐多愛彦先生伝』佐多愛彦先生古希壽祝賀記念事業会（1940）

田中正『湯川秀樹とアインシュタイン』岩波書店（2009）

東京大学医学部創立百年記念会『東京大学医学部百年史―上　第二部東京大学医学部のあゆみ』東京大学医学部（1967）
東野利夫『汚名　九大生体解剖事件の真相』文藝春秋（1979）
仲新也『学校の歴史―第一巻学校四要説』第一法規出版（1979）
中谷剛『アウシュビッツ博物館』凱風社（2005）
中山恒明、陣内伝之助、三宅博ほか『座談会・九大外科75年の歩み』学士鍋32九州大学医学部同窓会（1979）
日本外科学会『日本外科学会１００年誌』日本外科学会雑誌101（2000）
日本の空襲編集委員会『日本の空襲―補巻　資料編』三省堂（1981）
丹羽寛文『硬性胃鏡から軟性胃鏡まで』Gastroenterological Endoscopy 50（12）（2008）
ネーサン／ノーデン編、金子敏男訳『アインシュタイン平和書簡　1，2，3』みすず書房（1974,75,77）
比企能樹『胃癌治療の多様性――とくに早期胃癌治療の変遷につて』日本消化器外科学会雑誌31（3）（1998）
平光吾一『戦争医学の汚辱にふれて　生体解剖事件始末記』文藝春秋（1955・10月号）
ホフマンB・他、鎮目恭夫他訳『アインシュタイン創造と反骨の人』河出書房新社（1974）
松本圭蔵『近代外科の先達三宅速先生』日本脳外科学会記念資料（1987）
三宅速／宮城順『胃癌』克誠堂書店（1928）
三宅速著・三宅進編『或る明治外科医のメモランダム―九州大医学部　揺籃時代』日本文教出版（1998）
三宅博『はるかなる友情』クリニシアン34（357）（1987）
歴史学研究会編『日本史年表　増補版』岩波書店（1998）

レディー・バウチャー編、加藤恭子・他訳『英国空軍少将の見た日本占領と朝鮮戦争』社会評論社（2009）
Fischer, E.P.: *Einstein.* Springer Verlag Berlin Heidelberg Germany 1996
Grüning, M.: *Ein Haus für Albert Einstein.* Verlag der Nation Berlin, DDR 1990
Kozuschek ,W.: *Jahann von Mikulicz-Radecki, 1850-1905, Mitbegründer der Modernen Chirurgie.* Wzdawnictwo Uniwersytetu Wroclawskiego, Wroclow Poland 2009
Kraas, E., Hiki,Y.editors: *300 Jahre deutsch-japanische Beziehungen in der Medizin,* 日独医学交流の三〇〇年 .Springer Verlag GmbH, Tokyo/Heidelberg, Japan / Germany 1992
Lerner, A.B.: *Einstein & Newton.* Lerner Publications Company, Minneapolis USA 1973
Liebermann-Meffert, D.,White, H.: *A Century of International Progress and Tradition in Surgery.* Kaden Verlag Heidelberg, Germany 2001
Nagel,M.,et al: *Theodor Billroth Chirurg und Musiker.* Con Brio Verlagsgesellschaft mbH, Germany 1994
Renn,J., Schulmann, R.editors: *Albert Einstein/Mileva Maric, The Love Letters.* Princeton University,Press New Jersey 1992
Renn, J.（Hrsg.）: *Albert Einstein-Eintens Leben und Werk im Kontext.* Wiley Verlag GmbH & Co.KgaA, Germany 2005
Sugimoto, K.: *Albert Einstein. Die kommentierte Bilddokumentation.* Moors & Partner Munich, Germany 1987
Thorwald, J: *Der Jahrhundert der Chirurgen.* Stuttgard, Germany 1972

著者　**比企寿美子**（ひき・すみこ）

長崎市生まれ。エッセイスト、ノンフィクション作家。フェリス女学院短期大学卒業。1966年から夫のドイツ留学に伴いドイツ滞在。その後ゲーテ・インスティチュートで13年間ドイツ語研修。1972年から5年間慶應義塾大学文学部歴史学科聴講。現在加藤恭子ノンフィクショングループ会員。雑誌『春秋』にエッセイを毎年執筆。「船上のドクトル」（1994年）、「線路の果てに」（2004年）、「ハッケヨイのこった」（2006年）など、7編が『日本エッセイストクラブ編・ベストエッセイ集』（文藝春秋）に収録された。また最近では医学史や医療等についての執筆活動から講演依頼も多い。主な著書に『引導をわたせる医者となれ』（春秋社）『がんを病む人、癒す人』（中公新書）、『航跡』『たった一人の卒業式』（共に中央公論新社）、共著に『日独医学交流の300年』（Springer Verlag）、『上野久徳伝』（三省堂）などがある。

図書設計　辻 聡

写真提供　日本郵船歴史博物館
・北野丸絵葉書２葉
・欧州航路図
著 者
・北野丸船上のアインシュタインと三宅速
・三宅速が三保へ贈ったエーデルワイスの押花

DMD

出窓社は、未知なる世界へ張り出し
視野を広げ、生活に潤いと充足感を
もたらす好奇心の中継地をめざします。

# アインシュタインからの墓碑銘

2009年7月8日　初版印刷
2009年7月22日　第1刷発行

著　者　比企寿美子

発行者　矢熊 晃

発行所　株式会社 出窓社

東京都武蔵野市吉祥寺南町 1-18-7-303　〒180-0003
電　話　0422-72-8752
ファクシミリ　0422-72-8754
振　替　00110-6-16880

印刷・製本　シナノ パブリッシング プレス


ISBN978-4-931178-70-0

Okhotsk
Nuniya
Bering
Sea
Sea of
Okhotsk
Kamchatka
Krasnoyarsk
Irkutsk
Chita
Nikolaievsk
Unalaska
Aleutian
Khabarovsk
Vladivostock
Harbin
Seishin
Ola
Mukden
Mongolia
Newchwang
Peking
Tientsin
Gensan
Tsingtao
Nagasaki
Shanghai
Woo Chang
Hankow
Canton
Keelung
Hongkong
Monday
Sunday
Midway I.
International Date Line
Saipan
Mariana or
Ladrone Is.
Rota
Rangoon
Bangkok
Manila
Saigon
Yap
Palao
Truk
Ponape
Kusai
Jaluit
Marshall Is.
Penang
Malacca
Singapore
Zamboenga
Caroline Islands
Mortlock
Sumatra
Borneo
Celebes
Batavia
New Guinea
Sunda Str.
Sourabaya
Torres Str.
Thursday Is.
Christmas I.
Palmerston
Samoa
Fiji
Normanton
Townsville
N.W. Cape
New
Caledonia
Brisbane
L. Eyre
Geraldton
Fremantle
Sydney
C. Leeuwin
Albany
Port Pirie
Adelaide
Auckland
Melbourne
Wellington
Christchurch
Lyttelton
Hobart
Dunedin